Wolfgang Burger

Anatomie eines Mordes

Der Offenbarungseid eines Halbgotts in Weiß, getränkt von grimmigem Humor und schonungsloser Menschenkenntnis.

»Einfühlsam und mit leiser Ironie wird vom Autor das Psychogramm eines Mörders wider Willen gezeichnet, das einen so schnell nicht wieder loslässt.« *Rhein-Neckar-Zeitung*

»Spannend bis zur letzten Seite! Burgers Kriminalroman rührt nicht zuletzt an Fragen der Wahrnehmung, der Selbsteinschätzung und der Interpretation von Wirklichkeit – Selbsttäuschung inklusive.« *Badische Neueste Nachrichten*

»Es gibt einen Mörder und eine Leiche. Das ist aber das einzige Stück sicherer Krimi-Boden, das Wolfgang Burgers Roman bietet. Der Autor erzeugt Spannung nicht aus einem ungelösten Kriminalfall – sondern aus den Geheimnissen im Innenleben seiner Figuren.« *Campus*

Wolfgang Burger ist promovierter Ingenieur und arbeitete lange am Karlsruher Institut für Technologie. Seit 1995 ist er schriftstellerisch tätig und lebt in Karlsruhe und Regensburg. Seine Krimis stehen regelmäßig auf der SPIEGEL-Bestsellerliste.

WOLFGANG BURGER

ANATOMIE EINES MORDES

KRIMINAL ROMAN

PIPER

Mehr über unsere Autorinnen, Autoren und Bücher:
www.piper.de

Unser Versprechen für mehr Nachhaltigkeit
• Klimaneutrales Produkt
• FSC®-zertifiziertes Papier
• Hergestellt in Deutschland

FSC www.fsc.org MIX Papier | Fördert gute Waldnutzung FSC® C014496

ISBN 978-3-492-07264-9

Vollständig überarbeitete Neuausgabe
Dieser Kriminalroman erschien erstmals 2003 beim Leda Verlag, Leer, unter dem Titel »Der Mord des Hippokrates«, und wurde für diese Ausgabe vom Autor vollständig überarbeitet.
Redaktion: Annika Krummacher
Umschlaggestaltung: FAVORITBUERO, München
Umschlagabbildung: Bilder unter Lizenzierung von Shutterstock.com genutzt
Satz: Ralf Schnarrenberger, Hamburg
Gesetzt aus der Skolar Latin
Druck und Bindung: GGP Media GmbH, Pößneck
Printed in Germany

1

So einfach ist es also, zum Mörder zu werden. Ein wenig Geschrei, ein Rausch aus Adrenalin, Herzrasen und Verzweiflung, Gezappel, Angst, Wut, wirbelnde Lichter, eine kreischende Kirmes des Wahnsinns, die Todesspirale einer Achterbahn.

Dann lange Zeit nichts. Dunkelheit, Leere, Taubheit, Herzklopfen. Später Schwindel und Übelkeit. Inzwischen kann ich schon wieder halbwegs klar sehen. Der rote Nebel lichtet sich. Noch ist er nicht ganz verschwunden, doch es wird besser und besser.

Was ich sehe, ist nicht gut: Die Griechin ist tot.

Sie liegt am Boden, vor mir oder besser unter mir, und ist ganz zweifellos tot. Offenbar bin ich immer noch verwirrt, was vielleicht kein Wunder ist, in Anbetracht der Umstände. In Wirklichkeit ist sie ja gar keine Griechin, was ich allerdings erst seit Kurzem weiß. Aber ist das jetzt wichtig? Hat es eine Bedeutung für mich? Nein, ich glaube, eher nicht.

Ich muss achtgeben.

Ich darf jetzt nicht über solche Nebensächlichkeiten nachdenken.

Natürlich ist die Nationalität dieser Toten im Augenblick vollkommen unwichtig. Wichtig ist allein, dass sie tot ist, dass sie hier vor mir, nein, unter mir liegt, auf diesem verblichenen, schmutzigen Teppich, einem traurigen Imitat eines Persers, und wirklich und ganz wahrhaftig tot ist. Ich kann das beurteilen, denn schließlich bin ich Arzt. Und zu allem Elend ist sie auch noch meine Patientin. Seit gestern Nachmittag. Seit sie meine Praxis betrat und mir dieses griechische Pillenschächtelchen auf den Tisch legte und all das andere geschah, was mich schließlich hierhergeführt hat.

In diese Wohnung.

In diese Situation.

In diese unbeschreibliche Katastrophe.

In meinem Kopf herrscht noch immer dieses Toben, die Nachwehen des Sturms von vorhin, ein Irrlichtern der Nerven, das Verglimmen der alles mit sich reißenden Erregung. Hübsche weiße Sternchen sausen durch den roten Nebel. Sieht beinahe lustig aus.

Mein Mund ist so trocken.

Nein, man braucht wahrhaftig nicht vierzehn Semester Medizin studiert zu haben, um zu erkennen, dass sie tot ist. Aus. Hin und weg.

Hin und weg – habe ich das nicht erst kürzlich gehört? Richtig, Penelope hat es gesagt, hin und weg sei Katharina gewesen. In einem völlig anderen Zusammenhang allerdings. Wie lange mag das her sein? Einige Stunden erst, acht oder neun. Unvorstellbar! Katharina, die jetzt tot ist. Wie vieles sich ändern kann in so kurzer Zeit.

Gott, ist mir schlecht!

In meinen Händen kribbelt es, als würden tausend Ameisen meine Adern erforschen. Ich fürchte, ich muss mich gleich übergeben. Wie meine Sprechstundenhilfe Bettina heute Morgen. Oder war es gestern? Ich weiß es nicht mehr. Ich werde darüber nachdenken. Später, wenn ich wieder denken kann.

Wie meine Hände zittern ... Meine Gedanken wirbeln durcheinander wie altes Laub im Oktobersturm. Vermutlich bin ich im Begriff, verrückt zu werden. Wenn ich es nicht längst bin.

Aber das darf nicht sein. Ich muss mich zusammenreißen, die Kontrolle behalten. Sonst bin ich verloren. Nichts brauche ich im Moment dringender als meinen Verstand, denn wenn er mich nicht rettet, dann rettet mich nichts mehr.

Doch es gelingt mir nicht. Ich kann mich ja nicht einmal bewegen. Irgendetwas funktioniert nicht mehr in mir. Dabei ist dies doch keineswegs die erste Leiche, die ich in meinem Leben sehe, sehen muss. Ich kann mich noch gut an die Alarmstimmung im Magen und das Würgen in der Kehle bei meinem ersten Toten erinnern, damals in der Pathologie. Anatomie 1, zweites Semester, Professor Kühnle.

Ein Bauarbeiter, aus dem fünften Stock vom Gerüst gestürzt. Kaum äußere Verletzungen, dafür jede Menge glibberiges schwarzes Blut beim Aufschneiden. Die Diagnose war dann selbst für uns Anfänger einfach: Aortariss, nicht der schlechteste aller Tode. Sofortiger Blutdruckabfall auf null, Verlust des Bewusstseins im

Bruchteil einer Sekunde – und das war's. Lange bevor das Nervensystem irgendwelche Alarmmeldungen an die Zentrale senden kann, ist der Film des Lebens ein für alle Mal zu Ende.

Diese wächserne Haut, wie ungebackener Fleischkäse.

Und dieser Geruch.

Ist mir verdammt schwergefallen, damals. Aber das ist normal, das lässt keinen kalt, zumindest am Anfang. Hinterher habe ich stundenlang geduscht und mir noch nach Tagen eingebildet, diesen Leichengeruch an mir zu haben. War nicht schön, aber es musste sein. Da muss man eben durch, wenn man Arzt werden will.

Später, in der Klinik, war der Tod dann bald kein großes Thema mehr. Eine unschöne Verschlechterung der Stationsstatistik, eine kleine Beleidigung des persönlichen Ehrgeizes. Unangenehm sind jedes Mal die Angehörigen. Jemand ist ja immer da, der heult, verzweifelt, zusammenklappt. Und das tut weh. Auch nach über fünfzehn Jahren noch und Hunderten von Toten. Von Katharina weiß ich nicht einmal, ob sie überhaupt Angehörige hat. Doch, natürlich, wie konnte ich es vergessen. Zumindest zwei Verwandte hat sie in der Stadt: Penelope und deren Mann. Aber es ist äußerst unwahrscheinlich, dass ich es sein werde, der ihnen die schlimme Nachricht überbringen muss. Denn ich bin Katharinas Mörder und werde alles daransetzen, dass dieser Umstand mein Geheimnis bleibt.

Die Griechin – warum kann ich mir nicht abgewöhnen, sie so zu nennen? – liegt auf dem Rücken, den

Kopf im Todeskampf weit nach hinten gebeugt, weg, nur weg von mir, und ich sitze auf ihrer Brust, noch immer am ganzen Leibe zitternd, die Knie auf ihren Oberarmen, um mir ihre Hände vom Leib zu halten. Ich kann nicht aufhören, dieses hässliche Kissen zu kneten, mit dem ich sie erstickt habe. Ein selten scheußliches Ding, schwarzseiden glänzend, mit bunten Stickereien darauf. Menschen in Trachten, Häuser, Tiere, Blumen. Vielleicht aus ihrer Heimat, bestimmt handgemacht.

Mit diesem Kissen habe ich Katharina getötet. Wann? Vor zehn Minuten? Einer halben Stunde? Ich weiß es nicht.

So einfach ist es also, zum Mörder zu werden.

Dabei habe ich sie doch kaum gekannt.

Ich fange an zu rechnen.

Statt Spuren zu verwischen, zu fliehen, meinen Hals zu retten, rechne ich. Aber immerhin, es geht, mein Kopf scheint wieder zu funktionieren, das Gehirn hat zumindest wieder eine Art Notbetrieb aufgenommen. Vor etwas mehr als zweiunddreißig Stunden war es. Damals war ich noch der angesehene Herr Doktor in mittleren Jahren mit gut gehender Praxis, attraktiver, charmanter und allseits beliebter Ehefrau, ohne Kinder – manchmal denke ich: leider –, mit standesgemäßem Wagen, Rotary-Club, allem, was dazugehört. Dazu das sinnlos große Haus am Westhang des Heiligenbergs. Seit Bettina sich einmal verplappert hat, weiß ich, dass diejenigen, die nicht das Privileg haben, dort zu wohnen, die Gegend den »Bonzenbuckel« nennen.

Alles wie in einem kitschigen Arztroman – und nun das hier. Nein, ich kann es nicht begreifen. Ich werde es vermutlich niemals begreifen können.

Etwas Kaltes läuft meinen Rücken hinab, und plötzlich spüre ich, dass ich schweißüberströmt bin. Ich werde duschen müssen, bevor ich nach Hause fahre. Merkwürdig, jedes Mal, wenn ich auf Katharina treffe, muss ich anschließend duschen. Ob es in dieser schäbigen Anderthalb-Zimmer-Altbauwohnung wohl ein ordentliches Bad gibt?

Ich werde nachsehen. Später, sobald ich mich wieder rühren kann, werde ich nachsehen. Zumindest wird es eine Dusche geben, die gibt es doch heute überall, und dann werde ich duschen, ganz heiß und ganz lange. Anschließend muss ich verschwinden, nach Hause fahren.

Schwachsinn!

Natürlich werde ich nicht duschen. Damit würde ich ja noch mehr Spuren hinterlassen als ohnehin schon. Ich muss von hier fort, so rasch wie irgend möglich. Aber wie soll ich fahren können, in meinem Zustand? Und wie soll ich Anja unter die Augen treten, ohne rot zu werden, ohne mich sofort zu verraten? Wie soll ich nach dieser Sache überhaupt jemals wieder einem Menschen ins Gesicht sehen? Aber andererseits, bin ich nicht ebenso ein Opfer wie Katharina? Ich habe sie getötet, ja, aber ich bin nicht schuldig.

Auf einmal bin ich sterbensmüde. Ich lasse das Kissen los, lasse mich auf die Seite fallen, den Kopf auf Katharinas Oberarm sinken, rolle mich zusammen wie ein Embryo. Ihr Arm ist noch ganz warm, die Haut so sanft und weich und duftend wie gestern Abend, als wir …

Wüsste ich es nicht besser, könnte ich mir einbilden, sie wäre noch am Leben. Würde nur schlafen. Wie in der vergangenen Nacht, nach unserem grandiosen Sex. Meine Augen fallen zu. Schlafen, ja. Und nie wieder aufwachen.

Die Sternchen sind inzwischen verschwunden und der rote Nebel auch. Nur dieses Rauschen in den Ohren ist geblieben. Wie ein Sommerregen auf belaubte Bäume bei offenem Fenster. Und mein Puls hämmert noch immer viel zu schnell.

Erinnerungen blitzen durch meinen Kopf. Wie sie ins Behandlungszimmer kam, ihre Augen, ihr ruhiger Blick ohne jede Anzüglichkeit, ihre Brüste, ihre heißen, schweren Brüste, die plötzlich wie selbstverständlich in meinen Händen lagen. Dann ihr Lächeln vorhin. Dieses warme, offene, von Herzen kommende Lächeln, das mich hoffen ließ, es könnte doch noch alles gut werden.

Und jetzt das …

Alles hin, alles zerstört innerhalb so kurzer Zeit.

Was soll ich nur tun?

Ein Ende machen. Jetzt sofort. Alles, was mir das Leben nach diesem Desaster noch bieten kann, ist es nicht wert, gelebt zu werden. Es gibt hier eine Kochecke, habe ich vorhin gesehen, dort wird es Messer geben. Oder besser aus dem Fenster springen? Wir sind im zweiten Obergeschoss, das sollte reichen. Aber wie ich mich kenne, werde ich falsch abspringen, mir die Beine brechen und mich zu allem Unglück auch noch lächerlich machen. Nein, besser ein Messer. Ich bin Arzt. Ich weiß, wie man schneiden muss, um …

Offenbar bin ich wirklich eingenickt. Hoffentlich nicht für lange. Als ich die Augen wieder öffne, ist alles unverändert. Es war kein böser Traum, es ist die bittere Wirklichkeit: Katharina ist tot, und ich habe sie umgebracht. Und meinem Leben ein Ende zu machen, ist immer noch der einzige Ausweg aus dieser Katastrophe, der mir einfällt.

Unendlich mühsam komme ich auf die Beine, torkle einige Schritte in Richtung Kochnische, finde gleich in der obersten Schublade ein einigermaßen scharfes Filetiermesser. Es liegt gut in der Hand, ich setze es am linken Handgelenk an, längs, nicht quer, schließe die Augen, beiße die Zähne zusammen, atme ein letztes Mal tief ein und schneide. Es tut nicht einmal besonders weh, aber ich fühle, bevor ich die Augen wieder öffne: Ich habe das Messer falsch angesetzt, die Arterie nicht erwischt. Es blutet ein bisschen, das ist alles. Ich lasse das Messer einfach fallen, nehme ein sauber aussehendes, weiß-gelb kariertes Geschirrhandtuch vom Haken, bastle einen notdürftigen Verband.

Was bin ich nur für ein Versager!

Ob es hier wohl irgendwo Schlaftabletten gibt?

Oder soll ich einfach die Polizei rufen und den Dingen ihren Lauf lassen?

Meine Schuld lässt sich ohnehin nicht verheimlichen. Zu viele Menschen haben mich gesehen, auf der Straße unten, während ich im Jaguar saß und auf Katharina wartete, in dieser schäbigen Kneipe schräg gegenüber und wahrscheinlich auch später, unten vor der Tür, mit Katharina zusammen. Dies ist ein dicht bewohntes Viertel. Drei, vier Stockwerke hohe Mietshäuser. Überall Menschen, überall Licht, überall potenzielle Augenzeugen. Auf einer Fläche der Größe, wie Anja und ich sie bewohnen, leben hier zwanzig Personen und mehr.

Ein verlockender Gedanke: Einige Männer werden kommen, Profis, für die das hier nicht die Bohne aufregend ist. Sie werden mich irgendwo hinsetzen, damit ich nicht im Weg stehe, mir vielleicht der Form halber Handschellen anlegen, obwohl keine Fluchtgefahr besteht. Aber man weiß ja nie, was in so einem Komiker vorgeht. Etwas zu trinken werden sie mir geben und eine Zigarette anbieten, die ich dankend ablehne, weil ich nicht mehr rauche, seit ich nicht mehr in der Klinik arbeite. Ruhige, erfahrene Beamte werden mich ohne jede Aufregung befragen. Vielleicht sind auch Frauen dabei. Fast gemütlich wird es werden, und ich werde ihnen alles erzählen. Von Katharinas Brüsten, von ihren Augen, wie ich später mit ihr geschlafen habe, und alles, was danach geschah. Nicht die unbedeutendste Kleinigkeit werde ich auslassen. Vermutlich werden sie sich ein Grinsen nicht ganz verkneifen können, wenn sie die Zusammenhänge verstehen.

Vielleicht werden sie hie und da ein wenig den Kopf schütteln, aber nicht sehr, denn sie sind eine Menge gewöhnt, haben schon zu viel erlebt, um sich noch über irgendetwas zu wundern. Ein Irrer hat mal wieder jemanden ins Jenseits befördert, die übliche Geschichte halt. Sie werden mir dankbar sein dafür, dass alles so einfach ist, dass der Mörder mit der Leiche gleich mitgeliefert wird, dass es keine Nacht- und Wochenenddienste geben wird, keine Überstunden, keine Lauferei, nur ein wenig Papierkram am nächsten Tag. Heute Nacht werden sie nicht mehr viel tun. Keine Gefahr im Verzug. Alles sonnenklar.

Ja, bestimmt werden sie mir dankbar sein, weil ich keine Umstände mache. Ansonsten werde ich kaum noch eine Rolle spielen. Alles Weitere ist nicht mehr mein Bier.

Wenn ich kein Bier getrunken hätte, vorhin in dieser trüben Kneipe, dann wäre Katharina jetzt vielleicht noch am Leben.

Für die Polizisten werde ich nur noch »der Täter« sein, fast eine Randfigur in einem bürokratischen Verfahren. Erst müssen die wichtigen Dinge getan werden: Spuren gesichert, Nachbarn befragt, Fotos gemacht, Protokolle geschrieben. Morgen wird man mich dann noch einmal ausführlich vernehmen. Aber es wird ganz schnell gehen, denn ich werde alles gestehen und alles erklären.

Kann man so etwas überhaupt jemals erklären? Dass ich getan habe, was ich mir niemals vorstellen konnte? Was mich immer empört hat, wenn ich von Kollegen hörte, die sich auf solche zweifelhaften Abenteuer einließen? Dass ich mit einer Patientin, die ich zum ersten Mal im Leben sah, innerhalb von Minuten ein Verhältnis anfing? Innerhalb von Sekunden alle meine ehernen Prinzipien vergaß? Und am Ende nun auch noch das getan habe, was nach dem Eid des Hippokrates doch so unbedingt zu vermeiden ist: Meiner Patientin geschadet, wie ich ihr schlimmer nicht hätte schaden können?

Wie oft hat Anja sich über mich lustig gemacht, mich ihren »tapferen Hippokrates« genannt, der sich zum Sklaven seines Eids macht, weil er seinen Beruf wie alles im Leben viel zu ernst nimmt. Wie oft hat sie mir vorgeworfen, ich würde mir nie etwas gönnen, Vergnügen sei ein Fremdwort für mich. Nun habe ich mir einmal etwas gegönnt, einen Seitensprung, ein kleines sexuelles Vergnügen, und dies hier ist nun also das Ergebnis.

Man wird mir zugutehalten, dass ich geständig bin. Auch später vor Gericht wird dieser Umstand einen positiven Eindruck machen, strafmildernd wirken. Selbstverständlich werde ich mildernde Umstände bekommen. Massenhaft mildernde Umstände werde ich bekommen. In keinem Mordprozess der Welt wird es jemals so viele mildernde Umstände gegeben haben wie in meinem. Und hoffentlich kommt dann auch endlich heraus, wer mir diese Tragödie eingebrockt hat, denn irgendjemand muss sie mir eingebrockt haben, davon bin ich jetzt mehr denn je überzeugt.

Und wer weiß, womöglich werde ich am Ende sogar freigesprochen, und die Hintermänner, Katharinas Komplizen, wandern an meiner Stelle ins Gefängnis. Ja, so wird es kommen. Freispruch oder wenigstens Bewährung, es kann gar nicht anders sein.

Schon wieder Schwachsinn.

Keinerlei mildernde Umstände wird es geben für Dr. Bernhard Quentin. Ich habe Katharina getötet, ohne jede Not. Sie hat mich nicht bedroht, zumindest nicht körperlich. Ich bin nicht psychisch krank, zumindest habe ich das bis vor Kurzem noch geglaubt, ich bin nicht einmal betrunken, jedenfalls nicht genug, als dass mein Anwalt auf verminderte Zurechnungsfähigkeit plädieren könnte. Nein, es wird keine Gnade geben für mich.

Soll ich Albert anrufen? Den kenne ich aus dem Club. Er ist Strafverteidiger, angeblich ein guter, und sollte wissen, was in einem Fall wie meinem zu tun ist.

Aber nein, das geht alles nicht. Niemand darf jemals hiervon erfahren. Anja würde sich umgehend scheiden lassen, mit ihrem protestantischen Moralfimmel. Schon dass ich sie betrogen habe, würde sie mir nicht verzeihen. Und das andere, dass ich ein Mörder bin, natürlich erst recht nicht. Und wenn sie sich scheiden lässt, dann ist alles hin. Die Praxis, der Jaguar, das Haus, alles.

Um Himmels willen, der Jaguar! Der steht unten, fast vor der Tür, gut beleuchtet, und das in einem Stadtviertel, wo schon ein Baby-Benz Aufsehen erregt. Ebenso gut könnte ich nachher eine Visitenkarte an die Tür pinnen. Solche Wagen in Bordeauxrot gibt es bestenfalls zwei oder drei in Heidelberg. Was für ein Irrsinn!

Aber konnte ich denn ahnen, dass ich Katharina töten würde? Natürlich nicht. Zugegeben, ein wenig in Rage war ich schon. Aber ist es ein Wunder, nach allem, was sie mir angetan hat? Und dann muss ich irgendwie ausgerastet sein. Obwohl das sonst überhaupt nicht meine Art ist. Sonst bin ich als ruhiger, besonnener Mensch bekannt. Zu beherrscht, wie Anja oft meint. Mein Sternzeichen ist die Waage. Immer ausgeglichen, immer zuverlässig bis zum Gehtnichtmehr, immer der freundliche Onkel Doktor, dem man bedenkenlos Leben und Gesundheit anvertraut. Es geht einem schon besser, wenn man ihm nur ins unerschütterlich optimistische Antlitz blickt und seine kräftige, trockene Hand drückt …

Ja, Scheiße!

Und noch immer stehe ich Wahnsinniger hier, neben meiner Leiche, die Hände zittern mit einem Mal wieder stärker, für einen Moment fürchte ich, mich doch noch übergeben zu müssen. Kalt ist mir plötzlich. Der Verband färbt sich rot von meinem Blut. Eben noch war mir heiß, höllenheiß, ein blutschwarzer Hitzesturm. Nie zuvor in meinem Leben war ich in einem solchen Zustand. Ich weiß ja, wie das alles funktioniert, habe es viele Semester lang gelernt. Stresshormone, Adrenalin und Noradrenalin fluten den Körper, Atmung und Kreislauf arbeiten auf Höchstleistung, denn jetzt geht es um das Äußerste, um das Leben. Die Arterien sind weit geöffnet, alle nicht unbedingt lebensnotwendigen Körperfunktionen laufen im Sparbetrieb. Und später, wenn es überstanden ist, wenn die Anspannung nachlässt … Wäre ich mein Patient, ich könnte mir wissenschaftlich exakt erklären, was gerade in mir vorgeht.

Doch all diese Erkenntnisse helfen mir nicht weiter.

Ich muss endlich etwas tun, verdammt noch mal! Ich brauche klare Gedanken, gute Ideen, meinen ganzen sonst so zuverlässig arbeitenden Verstand und außerdem eine Menge Glück, dann bin ich vielleicht noch zu retten.

Aber ich kann nicht. Ich kann nicht einmal die Augen von Katharinas Gesicht wenden. Das im Tod so friedlich aussieht, so ruhig, als hätte sie ein großes Ziel erreicht. Ist der Tod nicht genau das? Unser letztes Ziel? Es ist mir so vertraut, dieses ebenmäßige, jetzt so blasse Gesicht, obwohl ich sie doch nur so kurz gekannt habe.

Wie sie mein Behandlungszimmer betrat und auf mich zukam. Mit gesenktem Blick, vielleicht senkte sie immer den Blick, wenn sie einem Mann begegnete. In der Gegend im Süden, aus der sie stammt, sind die Frauen zurückhaltender als hier.

Ihre dunklen Augen haben schon keinen Glanz mehr, sind schon fast getrocknet, im Weißen um die Iris rote Äderchen, Speichel im Mundwinkel, erste Hinweise für die Kollegen von der forensischen Fakultät. Ich sollte ihr die Augen schließen, wird mir bewusst, wenigstens das kann ich noch für sie tun. Doch ich bin nicht dazu in der Lage, sie noch einmal zu berühren. Später. Jetzt noch nicht. Ja, blass ist sie, die Frisur reichlich derangiert im Handgemenge, aber sonst sieht sie fast genauso aus wie gestern Nachmittag, nein, vorgestern Nachmittag, denn Mitternacht ist ja schon vorüber. Immerhin weiß ich plötzlich wieder, wie spät es ist. Das ist doch schon mal was.

Vorgestern Nachmittag gegen 16 Uhr habe ich Katharina zum ersten Mal gesehen. Ihr klassisch schönes, vielleicht ein wenig zu kantiges, zu strenges Gesicht. Keinerlei Make-up, das üppige schwarze Haar zu einem lockeren Knoten im Nacken zusammengesteckt. Zwei, drei freche, unordentliche Löckchen an den Schläfen. Dünne goldene Ringe an den Ohren, diese Südländerinnen lieben ja alle Goldschmuck. Der Gesichtsausdruck schwer zu deuten, nicht übertrieben intelligent, aber auch nicht dumm, nein, keinesfalls dumm. Eher zurückhaltend, undurchsichtig, ja, geheimnisvoll, warum nicht.

Sonst durchschaue ich Menschen rasch. Ein kurzer Blick in ihr Gesicht, einige wenige Worte aus ihrem Mund, und ich weiß, mit wem ich es zu tun habe. Katharina habe ich nicht durchschaut, und vielleicht ist genau dieser Umstand der Grund für alles. Dass ich mich mit ihr eingelassen habe, dass ich sie einen Tag lang so verzweifelt gesucht habe, nur um sie, nachdem ich sie endlich, endlich aufgespürt hatte, zu ermorden.

Ihre Augen … Vielleicht lag es auch an diesen dunklen Augen und daran, dass sie so wenig gesprochen hat. Keine zehn Worte habe ich gehört aus dem Mund, der jetzt ein wenig offen steht und einige sehr weiße, wenn auch nicht übertrieben ebenmäßige Zähne freilegt. Darüber die griechische Nase, wie man sie von Skulpturen antiker Göttinnen kennt. Und, ja, dieser Blick, dieser unbegreifliche, bodenlos tiefe Blick, aus dem ich einfach nicht schlau wurde.

Mit einem Mal bin ich mir sicher: Mit diesem Blick hat alles begonnen. Ihre Augen sind schuld daran, dass ich jetzt vor dem Ruin stehe. Nicht vor Pleite, Konkurs, Bankrott, nein, vor dem endgültigen, dem absoluten Nichts. *Rien ne va plus.*

Nach Baden-Baden könnte man mal wieder fahren und im Casino ... Anja liebt es ja so, das Spielen um Geld, ständig schließt sie mit irgendwem Wetten ab über alles und jedes. Einige Male hat sie es sogar geschafft, mich nach Iffezheim zu diesen albernen Pferderennen zu schleppen, wo sie dann regelmäßig ein paar Tausender verlor, sich über die Hüte hoffnungslos übertakelter Damen amüsierte und über die roten Gesichter älterer Herren, die schon Schlagseite hatten vom ständigen Nippen an ihren Champagnerschalen. Auf der Rückfahrt hatte sie dann immer den leuchtenden Blick eines glücklichen Kindes und konnte vor Aufregung nicht einen Moment den Mund halten. Das Einzige, wofür sie sich dabei keine Sekunde interessierte, waren die Pferderennen.

Gott, ich bin wirklich nicht mehr ganz richtig im Kopf! Immer noch stehe ich hier, denke irgendwelchen belanglosen Blödsinn von Casinos und Pferderennen und sollte doch im Gegenteil alle meine verbliebene Energie zusammenkratzen und versuchen zu retten, was noch zu retten ist. Aber da ist keine Energie mehr, das ist ja das Problem. Alle meine Kräfte habe ich vorhin verbrannt in diesem Höllensturm. Jetzt bin ich leer und schwach, unendlich müde, so gut wie tot.

Warum schaffe ich es nicht, dem Ganzen ein Ende zu setzen? Wenn ich mir schon nicht die Pulsadern aufschneiden kann, dann bringe ich es vielleicht fertig, mir das Messer ins Herz zu rammen? Das kann doch nicht so schwer sein, verflucht! Das haben Millionen Menschen vor mir gekonnt. Ein kurzer Moment der Überwindung, ein kleiner Schmerz, und dann ist Nacht und Stille für immer. Kein Drama mit Anja, kein Prozess, kein Gefängnis. In meiner Praxis hätte ich Mittelchen und Möglichkeiten. Wenn in meinem Giftschrank noch etwas drin wäre, was ja leider nicht der Fall ist. Aber hier?

Schon will ich das Messer wieder aufheben, aber dann lasse ich es doch liegen. So schnell gebe ich nicht auf. Habe ich mein Leben lang geackert und Anjas Launen und Nervenzusammenbrüche ertragen, um nun wegen dieser Frau hier alles hinzuschmeißen? Sie hat es verdient, verflucht noch mal! Ich habe es nicht gewollt, es war eine Tat im Affekt. Jetzt erst weiß ich übrigens, was das bedeutet: Affekt. Aber es ist wahr, sie hat es verdient. Sie wollte mich vernichten, und nun habe ich eben sie vernichtet.

Auge um Auge, Zahn um Zahn.

Allmählich beginnen meine Gedanken sich zu ordnen. Ich weiß nicht, wie viele Minuten vergangen sind, seit Katharina aufgehört hat, sich zu winden, aufzubäumen, mit so erschreckender Kraft zu wehren. Für einen Moment muss ich Halt an einer Tischkante suchen, zucke beim Gedanken an Fingerabdrücke zurück, stecke sicherheitshalber die Hände in die Taschen, stehe leicht schwankend da, löse den Blick von ihr. Rechts tut etwas weh, am Brustkorb. Ich taste vorsichtig. Sie muss mich im Todeskampf geschlagen haben. Ansonsten scheine ich zumindest äußerlich unbeschädigt zu sein.

Was für eine ungeheure Kraft sie hatte!

Die Vorhänge sind aufgezogen, im Haus gegenüber gedämpftes Licht, buntes Fernsehgeflacker. Auch hier brennt Licht. Ich habe meinen Mord sozusagen in aller Öffentlichkeit begangen. Eine unbekannte Anzahl Menschen hatte Gelegenheit, mir dabei zuzusehen.

Ich muss die schäbigen, lappigen Vorhänge zuziehen. Sofort. Als würde das jetzt noch irgendetwas helfen.

So schnell geht das also: Zweiunddreißig Stunden vom grundsoliden, hoch angesehenen Herrn Doktor zur vernichteten Existenz. Zweiunddreißig Stunden Achterbahn von ziemlich weit oben bis ganz nach unten. Ein altvertrautes, so lange vergessenes Gefühl: Gleich fange ich an zu weinen. Wenn ich doch jemanden wüsste, der mir helfen könnte, den ich um Rat fragen dürfte, der mich festhielte, mir neue Kraft gäbe.

*

Wie so viele Katastrophen hat auch meine mit einer winzigen Kleinigkeit, einem unbedeutenden, ganz alltäglichen Ereignis begonnen. Jeder Hurrikan beginnt mit der sanften Bewegung eines Blatts, ein Eisenbahnunglück vielleicht mit einem kaum wahrnehmbaren Geräusch von einem defekten Rad, ein inoperabler Hirntumor kündigt sich dadurch an, dass man sich auf einmal keine Namen mehr merken kann. In meinem Fall war es das Summen der Telefonanlage am späten

Nachmittag eines hitzestarrenden Spätsommertags. Eigentlich unzulässig, weil ich gerade eine Patientin hatte, also wichtig.

Normalerweise handelt es sich um einen Notfall, wenn Bettina sich über mein Verbot hinwegsetzt, mich während eines Termins zu stören. Ein Patient droht mit Selbstmord oder ist im Wartezimmer kollabiert. Auf Bettina ist Verlass, wir sind ein perfektes Team. Ich weiß sogar noch den Namen der Patientin, die vor mir saß: Frau Heldt, Verdacht auf Magenkarzinom. Vergangene Woche hatten wir die Biopsie gemacht, und nun war der histologische Befund da. Die Verkündung des Urteils lief immer gleich ab: Der Angeklagte kommt herein, wie zur Schlachtbank geführt, setzt sich steif auf die vorderste Stuhlkante, ist verzweifelt vor Angst und den Tränen nah. Ist es eine Frau, dann reißt sie um ein Haar ihre Handtasche in Stücke. Ist es ein Mann, bricht er sich beinahe die Finger.

Man spielt den Starken: Das ist ja alles schon mal da gewesen, Sie sind weiß Gott nicht die Erste, die das überstehen wird, kein Grund zur Sorge bei Ihrer Konstitution. Und überhaupt, ein Kinderspiel, heutzutage. Die Fortschritte der Medizin, Sie verstehen? Eine kleine Operation, einige Wochen Krankenhaus, und wenn Sie wieder herauskommen, dann sind Sie wie neu und werden mindestens neunzig.

Eine kleine, tödliche Unehrlichkeit steckt zu oft in diesem Satz. *Wenn Sie wieder herauskommen* kann auch bedeuten: *Falls Sie wieder herauskommen.*

Der Rest ist Statistik: Mortalität weit über sechzig Prozent, bei schlechtem Gesamtstatus eher achtzig. Die Metastasierung weit fortgeschritten. Ein, zwei Jahre noch, höchstens. Wenn man Pech hat, noch die eine oder andere Operation, wenn man Glück hat, geht es schnell.

Aber vorgestern war alles anders, für Frau Heldt lautete das Urteil: negativ. Nur ein harmloses kleines Magengeschwür. Ein paar Pillen zur Regulierung des Magensäurehaushalts würde ich ihr verschreiben, eine leichte Diät und viel Kamillentee. Das sind die Höhepunkte im Leben jedes Arztes, dazu hat man die ganze Plackerei auf sich genommen: Man lächelt, nimmt mit wichtiger Miene ein Papier hoch, und plötzlich ist man Gott. Der gütige Gott, nicht der rachsüchtige Rauschebart aus dem Alten Testament. Also, liebe Frau Heldt, ich habe gute Neuigkeiten ... Und keine fünf Minuten später verlässt ein neugeborener Mensch den Raum, jetzt wirklich mit Tränen in den Augen, aber vor Glück und grenzenloser Erleichterung, fast singend vor überschäumender Freude und einem bis an sein Lebensende dankbar, obwohl man doch überhaupt nichts dafür kann.

2

Also, das Telefon. Bettina: »Doc, ich hab Herrn Schmerbeck in der Leitung. Es ist furchtbar wichtig, sagt er. Darf ich durchstellen?«

Frau Heldt, eine schmale, bescheidene Frau, die schon auf die sechzig zuging, hatte ihren Freispruch schon inkorporiert, schniefte ein bisschen vor sich hin, tupfte die Augenwinkel mit einem rosa Tüchlein, das todsicher nach Lavendel duftete, und rang um Fassung. Vermutlich würde sie ganz froh sein, wenn sie einige Sekunden Pause hatte, um sich wieder zu fangen, so war die Störung tolerabel. Ich nickte ihr entschuldigend zu, sie lächelte wehmütig-glücklich, ich machte im Stuhl eine Vierteldrehung nach links, lehnte mich zurück und ergab mich in mein Schicksal.

»Ist okay. Geben Sie ihn mir.«

Winfried Schmerbeck, auch im Club, Inhaber der Dante-Apotheke gleich um die Ecke. Der flotte Winni, standhafter Junggeselle, leichter Hypertoniker mit schwerem Hang zu schmutzigen Witzen und, obwohl er mit seinen Sommersprossen und roten Haaren überhaupt nicht danach aussieht, einer für mich immer wieder verblüffenden Wirkung auf Frauen. Daneben ist er Golfspieler mit ordentlichem Handicap und Sportwagenfahrer. Irgend so ein italienisches Cruise-Missile auf Rädern fährt er, von dem ich noch nicht einmal weiß, wie man den Markennamen schreibt.

Winni stammt aus anderen Verhältnissen als ich. Er hatte schon als Student mehr Geld zur Verfügung, als viele alte Mütterchen am Monatsende an Rente ausbezahlt bekommen. Einer von diesen Typen, die im Porsche und mit Rimowa-Köfferchen grundsätzlich eine Viertelstunde zu spät zu jeder Vorlesung erscheinen. Dabei ist er keineswegs überheblich, immer freundlich, immer lustig, immer bereit, einem zuzuhören. Es prägt den Charakter, wenn man nie um etwas kämpfen musste, wenn man immer schon auf der Sonnenseite gelebt hat, wenn man sein Selbstbewusstsein nicht mühsam erstreiten musste, sondern beim Spielen im Laufställchen gefunden hat. Anja mag ihn ganz gern, findet ihn temperamentvoll, witzig, charmant. Ich finde ihn laut und oberflächlich.

Aber wahrscheinlich bin ich nur eifersüchtig auf seinen notorischen Erfolg beim anderen Geschlecht. Außerdem kann ich Leute nicht ausstehen, die ständig gute Laune und für alles Verständnis haben.

»Bernhard? Du, entschuldige dreitausendmal die Störung. Ich hab hier 'ne Frau im Laden stehen. Sie will ein Medikament, das es bei uns nicht gibt. Eine Ausländerin, und sie spricht leider kaum Deutsch. Jemand muss sie sich ansehen und ihr was Passendes verschreiben. Kannst du sie kurz durchchecken?«

So etwas kommt vor. Manche Leute gehen nicht zum Arzt, wenn ihnen etwas fehlt, sondern in die Apotheke, um sich ihr Mittelchen auf eigene Rechnung und Verantwortung zu kaufen. Zu den Aufgaben des Apothekers gehört es, in kritischen Fällen einzuschreiten und sie zum Fachmann zu schicken. Das ist richtig so, das muss man unterstützen. Und außerdem - ich fühlte mich gerade so gut, weil ich eben einen Menschen glücklich gemacht hatte. Weshalb also nicht?

»Lässt sich machen. Schick sie rüber.«

»Prima, dank dir. Wie geht's sonst, wie laufen die Geschäfte?«

»Danke, kann nicht klagen.«

»Und die werte Frau Gemahlin?«

Ich hasse Leute, die immerzu meinen, reden zu müssen, wenn schon alles gesagt ist.

»Gut, soweit ich weiß. Man sieht sich ja leider nicht mehr so oft.«

»Ja, ja, die böse Arbeit, nicht wahr?« Schon wieder lachte er. »Denk an das nette kleine Konto in der Schweiz, das hilft oft über das Ärgste hinweg. Und grüß Anja von mir, falls du sie doch mal wieder treffen solltest.«

Warum hörte er nicht auf? Musste ich noch einsilbiger werden? Ich beschloss, einfach gar nichts mehr zu sagen.

»So, genug gequasselt jetzt.«

Hurra! Er hatte es begriffen!

»Guck sie dir an. Sie ist es übrigens wert, das Angucken!«

Ich hatte schon nicht mehr richtig zugehört. »Anja?«

Und wieder lachte er. »Die natürlich auch, aber in diesem Fall hab ich diese Ausländerin gemeint. Griechin ist sie, glaub ich.«

»Ich bin gespannt.«

Natürlich war das gelogen: Natürlich war ich kein bisschen gespannt. Er fing schon wieder an, vermutlich, weil ihm im letzten Moment noch einer seiner viertelseidenen Herrenwitze eingefallen war. Aber nun war es wirklich genug.

»Sorry, Winni. Ich hab hier eine Patientin und ...«

Mein erster Fehler: Ich habe die angebliche Griechin kommen lassen. Obwohl sie keinen Termin hatte, obwohl das Wartezimmer voll war. Vielleicht hatte ich einfach zu gute Laune wegen dieser Frau Heldt. Hätte sie Magenkrebs gehabt, dann wäre Katharina noch am Leben und ich säße jetzt zu Hause, neben meiner fernsehenden Anja, würde ein Buch lesen oder mich wieder einmal vor Langeweile besaufen. Nein, natürlich würde ich längst schlafen.

Ich hatte also zugesagt, mir diese Patientin anzuschauen, und wusste noch nicht, dass ich in diesem Augenblick in eine Achterbahn gestiegen war. In tiefster Nacht, in eine unbeleuchtete Achterbahn ganz für mich allein, auf einem stockdunklen und gefährlich lautlosen Rummelplatz. Meine Höllenfahrt begann am Mittwoch, dem 5. September des Jahres 2001 um 16:07 Uhr.

Ich informierte Bettina, und schon zehn Minuten später kam die Frau herein. Hochgewachsen und auf eine schwer zu beschreibende Weise schön. Das Erste, was mir an ihr auffiel, war das Strenge, Abgezirkelte ihrer Bewegungen, ihre aufrechte, stolze Haltung, wie eine Tänzerin vielleicht oder eben eine griechische Göttin. Sie mochte Mitte zwanzig sein und verfügte über einen Corpus vom Allerfeinsten. Nicht übertrieben schlank, aber auch nicht zu üppig, alles gerade so, wie es meiner Meinung nach sein sollte. Auch der Fortbewegungsapparat war, soweit erkennbar, keinesfalls zu verachten.

Sie trug eine kurzärmlige, etwas zu bunte Blümchenbluse und einen gerade geschnittenen, blauen Rock, der über den Hüften leicht spannte und die wohlgeformten Oberschenkel zur Hälfte bedeckte. An den Füßen flache Sandaletten, die nur aus Sohlen und Lederriemchen bestanden. Keine Strümpfe, bei der Hitze. Ihre große hellgraue und schon ein wenig abgenutzte Handtasche trug sie an einem schmalen Riemen über der linken Schulter.

Alles in allem also ein wirklich erfreulicher Anblick. Winni hatte schon recht gehabt, sie war das Angucken wert. Den Blick hielt sie gesenkt, während sie auf mich zugeschritten kam.

Bettina hatte das Kärtchen schon durchgezogen, und so flimmerte das wenige, was ich in den nächsten vierundzwanzig Stunden über meine neue Patientin wissen sollte, auf meinem Bildschirm. Name: Penelope Karathanos, Nationalität: griechisch, Beruf: Studentin, Vorerkrankungen: nicht bekannt, Versichert: privat. Privat ist gut.

Ich erhob mich und reichte ihr, wie es sich gehört, die Hand. Ihr Händedruck war fast unmerklich leicht. Die Rechte schmal und warm und vollkommen trocken.

»Nun, Frau ... Karathanos, was kann ich für Sie tun?«

Sie blickte auf und sah mich an mit ihren großen nugatbraunen Pupillen. Da sie noch stand, während ich schon wieder saß, blickte sie auf mich herab. Ihr Gesicht war eine Spur zu breit, die Augen standen weit auseinander, ein leicht fliehendes Kinn unter einem üppigen Mund.

Und ihr Blick, ihr verdammter Blick, hatte etwas von aufgeblendeten Autoscheinwerfern. Man kann nicht wegsehen, wenn man einmal hineingesehen hat, und wenn man den Blick dann endlich doch in eine andere Richtung gezwungen hat, sieht man dennoch nichts anderes. Mit einem Mal fühlte ich mich nackt. Oder durchsichtig. Als wüsste sie Dinge über mich, die sonst niemand weiß. Nicht einmal ich selbst.

Mit einer abgemessenen Bewegung legte sie ein zerknautschtes Pillenschächtelchen auf den Tisch. Erst viel später fiel mir auf: All ihre Bewegungen waren so eigentümlich schnörkellos, ökonomisch, als kostete jede überflüssige Regung unglaubliches Geld. Auch ihre Augen schienen sich nur zu bewegen, wenn es einen zwingenden Anlass dafür gab. Vielleicht war es diese Ruhe und Stetigkeit, die ihrem Blick seine Durchschlagskraft verlieh.

Die Griechin zog die Hand von dem Schächtelchen zurück und sagte mit einer wohlklingenden, etwas heiseren Altstimme ein einziges Wort: »Bitthä.«

Entweder sie konnte tatsächlich kein Deutsch, oder sie vermied auch beim Sprechen überflüssige Anstrengungen. Ich ergriff die hellgelbe Schachtel und betrachtete die Aufschrift. Es waren griechische Schriftzeichen. Glücklicherweise kann man als Mediziner ein wenig Griechisch, Altgriechisch zwar und das meiste vergessen natürlich, aber so weit reichte es: irgendwas für die Lunge. Nun, man würde sehen.

»Ziehen Sie bitte Ihre Bluse aus. Ich möchte Sie kurz untersuchen«, sagte ich mit dem üblichen Lächeln, das längst ganz ohne mein Zutun auf meinem Gesicht erscheint, wenn ich einen Patienten anspreche. Sie guckte verständnislos, ich demonstrierte mit den Armen, was ich meinte, und zeigte ihr das Stethoskop. Ein Lungenbefund würde bei einem griechischen Kollegen nicht anders aussehen als bei uns, das musste sie kennen. Sie nickte auch, langsam und ernst, legte ihre Handtasche achtsam auf den Besucherstuhl, knöpfte sich im Stehen, noch immer hatte sie sich nicht hingesetzt, langsam, alles so verteufelt langsam, die Blümchenbluse auf. Ein einfaches, kurzärmliges, nicht unhübsches Ding. Kaufhaus, eindeutig. So etwas würde meine gute Anja nicht mal zum Fensterputzen nehmen. Sollte sie jemals auf die Idee kommen, selbst Fenster zu putzen.

Nachdem die Griechin ihre Bluse mit einer perfekt abgerundeten Bewegung auf die Stuhllehne gelegt hatte, hakte sie, ohne zu zögern, den BH auf.

Mein zweiter Fehler: Ich habe sie nicht daran gehindert. Bevor ich mich rühren konnte, war er ab, und ich unterließ es, sie zu bitten, ihn gleich wieder anzuziehen. Es hätte mich ein paar Sekunden gekostet, aber es wäre umständlich gewesen bei ihren Sprachkenntnissen und irgendwie – ich weiß auch nicht. Jetzt war er eben ab. Ich mag so etwas nicht besonders, vor allem bei schönen Frauen ist es mir eher unangenehm. Obwohl ich schon so lange in diesem Beruf bin, ist es für mich immer noch eine peinliche Situation, wenn eine nackte, oder in diesem Fall halb nackte, und zudem attraktive Patientin vor mir steht und ich so tun muss, als ließe es mich gleichgültig, obwohl es niemals so sein wird.

Der BH hing schon über der Stuhllehne, und nun stand sie da, mit entspannt hängenden Armen, sah mich an, ernst und erwartungsvoll. Ich klappte den Mund wieder zu, zwang mich, von ihren Brüsten weg und in ihr Gesicht zu sehen, erhob mich nach einer halben Schrecksekunde und begann, sie abzuhorchen. Rechter Lungenflügel oben, unten, linker Lungenflügel oben, unten, die Bronchien.

»Bitte mal tief einatmen ...«

Eine leichte Bronchitis, fast schon abgeheilt, nichts von Bedeutung. Wahrscheinlich wurde sie nachts noch manchmal von Hustenanfällen geplagt. Etwas Schleimlösendes würde ich ihr verschreiben. Routine.

Ich klopfte den Rücken ab, ließ sie nochmals einatmen, sie gehorchte, ausatmen, gut. Ihr Herz schlug kräftig und gleichmäßig. Sie verströmte einen leichten Geruch, der mir von sehr viel früher vertraut war, aus meiner Kindheit oder frühen Jugend. Ich kam nicht gleich darauf, was es war. Erst später wurde mir klar: Sie roch nach schlichter Sauberkeit, wie der Waschraum einer Jugendherberge. Nach einfacher Seife und billiger Zahnpasta. Keine Spur von einem Parfum.

Nachdem ich mit dem Rücken fertig war, folgte, nur der Vollständigkeit halber, vorne noch einmal das Gleiche, gefährlich nah an ihren bloßen Brüsten. Arme anheben, gut. Gehorsam atmete sie ein und aus, und ihr Herz schlug so verdammt kraftvoll und gleichmäßig.

Das Ganze dauerte keine halbe Minute. Dann knüllte ich das Stethoskop zusammen, hob den Blick, und dann der dritte, der entscheidende Fehler: Ich sah ihr wieder in die Augen. Eine Sekunde, zwei Sekunden, den Bruchteil einer Sekunde zu lange.

Sie stand vielleicht einen halben Meter von mir entfernt, bequem mit der Hand zu erreichen, mit immer noch hängenden Armen und bloßen Brüsten, wundervollen, perfekt geformten Brüsten, mit großen, dunklen Warzenhöfen, und ich hatte noch immer das Pochen ihres Herzschlags im Ohr. Oder war es schon mein eigener Puls, den ich hörte? Sie erwiderte meinen Blick gelassen und aufmerksam.

Wäre ein Funke von Reserviertheit in ihrem Blick gewesen, hätte sie nur die Andeutung einer Schutzbewegung gemacht, ich hätte mich abgewandt, wäre zum Schreibtisch gegangen, um ein Rezept zu schreiben wie Tausende zuvor. Hätte sie andererseits auch nur eine Spur von Verlangen an den Tag gelegt, ein wenig gelächelt, eine Braue gehoben, ich wäre zurückgezuckt, und nichts wäre geschehen.

Im Flirten bin ich ein Totalversager. Bis heute kann ich keiner Frau ein Kompliment machen, ohne zu erröten. Und wenn mir ein weibliches Wesen Avancen macht (was selten genug vorkommt), dann bekomme ich Schweißausbrüche und Panikattacken und trete die Flucht an.

Erst viel später habe ich begriffen, dass ich in dieser Sekunde verführt wurde. Dabei gab es nicht einmal eine winzige Geste, nicht die kleinste Veränderung der Miene. Nie hat eine Verführung weniger Mühe gekostet. Luther fiel mir ein, als ich längst wieder allein war. Ausgerechnet mir fiel Luther ein. *Hier stehe ich und kann nicht anders.* So stand sie da. Geduldig wartete sie auf das Kommende, auf meine Kapitulation, die zu diesem Zeitpunkt längst vorprogrammiert war, auf ihren Triumph. Ohne zu blinzeln sah sie mich an. Mit hängenden Armen und bloßen Brüsten. Diesen göttlichen Brüsten und den ozeantiefen Augen. Und ich hielt mein dämliches Stethoskop immer noch in der Hand und glotzte sie an wie ein pubertierender Jüngling die erste nackte Frau in seinem Leben. Und dann war es auch schon zu spät. Dies war der Moment, in dem meine Achterbahn den Ausklinkpunkt an der höchsten Stelle der Strecke passierte. Es machte unhörbar, aber dennoch überdeutlich »Klack«, und die Fahrt begann. Eine Schussfahrt mit rasender Beschleunigung in den nachtschwarzen Abgrund, durch nichts und niemanden mehr aufzuhalten.

Ich nahm das Stethoskop in die andere Hand, hob die jetzt freie Rechte und fasste ihre linke Brust von unten. Sie war schwer, heiß und fest. Meine Hand glitt langsam, gedankenverloren nach oben, mit der Rückseite der Finger sacht über die Brustwarze, die schon steif war. Ich fühlte, wie mein Schwanz, der heimtückischste und bösartigste aller menschlichen Körperteile, schwer wurde. Ich spürte, wie sie leise erbebte, blickte wieder hoch, und noch immer sah sie in meine Augen. Nichts in ihrem Gesicht hatte sich verändert. Doch: Sie schien nicht mehr in mich hinein-, sondern durch mich hindurchzusehen. Und ein Glanz lag in ihrem Blick, der vorher nicht da gewesen war.

Mein Ding hatte sich inzwischen in der Hose verklemmt, und in meinem Kopf hatte die Abteilung für Fortpflanzung und Arterhaltung im Handstreich das Kommando übernommen. All das ging so schnell, so vollkommen selbstverständlich und automatisch, dass meine sämtlichen Kontrollmechanismen versagten. Bevor ich noch etwas denken konnte, hatte mein Gehirn das Denken bereits eingestellt.

Ich ließ das blöde Stethoskop einfach fallen, griff mit beiden Händen um ihre nackte Taille und zog sie an mich. Sie erwiderte meine Umarmung, keine Sekunde zögernd, aber auch nicht hastig, sondern völlig ruhig. Als wäre es die selbstverständlichste Sache der Welt. Vielleicht, weil man hier im Norden seine Arztrechnung eben auf diese Weise bezahlt als Frau. Oder als wären wir ein seit Ewigkeiten miteinander bekanntes, zutiefst vertrautes Paar.

Als hätte sie seit vielen Jahren auf mich gewartet.

Nur auf mich.

Irgendwann war ich wieder allein. Meine Brille beschlagen, die Haare zerwühlt, ich am ganzen Leib verschwitzt und vollkommen weggetreten.

Gedacht habe ich erst am nächsten Morgen wieder. Aber da half es längst nichts mehr. Ein Rezept hat sie übrigens nicht bekommen. Dafür drückte sie mir beim letzten Kuss ein Zettelchen in die Hand, was ich erst bemerkte, als sie schon aus der Tür war. Eine ungeübte Kinderschrift, mehr gemalt als geschrieben: *Im Weiher 218, ab 19 Uhr.*

Nachdem ich so weit abgekühlt war, dass meine Stimme wieder funktionierte, bat ich Bettina per Telefon, das Patientenfließband vorübergehend anzuhalten. Ich brauchte zehn Minuten Pause. Das kam hin und wieder vor, daran war nichts Ungewöhnliches. Ich musste duschen. Auch das war nichts Besonderes. Ein Arzt schwitzt nicht, das ist unhygienisch. Ein Doktor hat allzeit klinisch sauber zu sein, steril zu riechen, immer ist er ausgeruht und jederzeit vollkommen Herr seiner selbst. Und wenn einer von Natur aus viel schwitzt, so wie ich, dann muss er sich eben an heißen Tagen trotz Klimaanlage hin und wieder frisch machen und das Hemd wechseln. Die Mädels waren es gewöhnt und dachten sich nichts dabei.

Merkwürdigerweise wusste ich in der ersten Sekunde, dass ich hingehen würde. Dabei war ich Anja nie zuvor untreu gewesen, obwohl es an Versuchungen nicht gefehlt hat. In jeder Klinik springen eine Menge knackige Schwesterchen herum, von denen nicht wenige ihr Lebensziel darin sehen, dereinst beim Bäcker mit

»Frau Doktor« angesprochen zu werden. Manch eine Kollegengattin, der der kleine Finger vom ständigen Abspreizen schon ganz steif geworden ist, hat einst als Hilfsschwester Pipiflaschen geleert und Bettpfannen geputzt. Aber ich habe immer widerstanden, immer.

Daran, wie ich den Rest dieses vermaledeiten Nachmittags überlebte, habe ich keine Erinnerung. Ich kann nur hoffen, dass ich niemanden mit einem falschen Rezept in den Tod geschickt habe. Aber das läuft ja alles so mechanisch, so eingeübt, und das Allermeiste ist nur dümmliche Routine. Wenn die Leute wüssten, wie beiläufig das bei uns geht, sie würden um ihr Leben fürchten, sobald sie eine Arztpraxis betreten. Den größten Teil ihrer Rezepte könnten sie sich problemlos aus einem Automaten ziehen. Ich stelle mir das vor wie diese neumodischen Fahrkartenautomaten: ein paar Knöpfe für die gängigsten Symptome, vielleicht noch drei Tasten für leicht/mittel/schwer, ein Schlitz für den Münzeinwurf und ein beleuchtetes Fach mit einer durchsichtigen Klappe, wo am Ende das Rezept herauskommt. Die Kassen könnten unendlich viel Geld einsparen, aber ich werde mich natürlich schön hüten, meinen Vorschlag zu veröffentlichen.

Irgendwann kam die erlösende Meldung: »Das war der Letzte, Doc. Wir machen dann jetzt Schluss, okay?«

»Geht in Ordnung. Schönen Abend, die Damen.«

Viertel nach sieben, und alles war wie immer. Als befände ich mich nicht im freien Fall in den Schlund eines kochenden Vulkans, als hätte ich nicht den Verstand verloren, so vollständig und restlos, dass mir erst geschlagene sechzehn Stunden später auffiel, dass Katharina den Zettel mit dieser Adresse fix und fertig aus der Handtasche gezogen hatte. Dass alles ein unglaublich billiges, abgefucktes Spiel war. Ja, abgefuckt ist weiß Gott der passende Ausdruck hier. Und ich Rindvieh, ich Riesenrindvieh habe den Sekundenzeiger beobachtet, bis ich draußen die Tür klappen hörte, und noch vorsichtshalber bis hundert gezählt, damit ich meine Mädels nicht auf der Treppe über den Haufen renne, und dann habe ich alles stehen und liegen lassen und bin davongetobt. Wie ein geiler Bock auf der Fährte seiner Ziege, wie der allerletzte Idiot, der ich, wie sich nur zu bald herausstellen sollte, auch war.

Im Weiher liegt in Handschuhsheim, einem Vorort nördlich der Stadt, einem irgendwann eingemeindeten Bauerndorf. Nie zuvor war ich in dieser Gegend gewesen, ich kenne mich dort nicht aus, einen Stadtplan hatte ich nicht zur Hand, aber all das war überhaupt kein Problem. Ich fand das Sträßchen instinktiv, ohne großes Suchen, wie ein Schmetterlingsmännchen, das sein Weibchen angeblich aus kilometerweiter Entfernung riechen kann und schnurgerade darauf zufliegt, einfach immer dem Geruch nach, mit dem einen, alles andere überragenden Ziel: es zu begatten, sich fortzupflanzen.

Ich wandte mich nordwärts. Der Verkehr war erträglich, die Rushhour schon vorüber. Ich passierte den Hauptbahnhof, hörte die grünen Papageien kreischen, die sich dort niedergelassen haben, fuhr ahnungslos keine hundert Meter von der Stelle entfernt vorbei, wo ich in naher Zukunft zum Mörder werden sollte, überquerte den Neckar. Links das weitläufige Uniklinikum, bald darauf das Deutsche Krebsforschungszentrum, wo immer noch weitergebaut wurde.

Rechts die Shell-Tankstelle. Der Preis von Superbenzin, der meines Wissens noch zu Beginn des vergangenen Jahres merklich unter zwei Mark gelegen hatte, betrug heute 1 Euro und 5,9 Cent. In der Ferne rechts am Hang das weltbekannte Schloss.

Im Radio Nachrichten. Angela Merkel, die frischgebackene Generalsekretärin der CDU, war überzeugt, der zum Jahreswechsel eingeführte Euro werde ein großer Erfolg für die EU, für Deutschland und überhaupt. Der ebenfalls frischgebackene Präsident Russlands, Wladimir Putin, hoffte auf ein konfliktfreies Miteinander zwischen seinem aufstrebenden, friedliebenden Land und der NATO, ja, er war sogar der Ansicht, Russland könne dereinst Mitglied des Nordatlantischen Verteidigungspakts werden. Er schien ein vernünftiger Mann zu sein, der sein Volk vielleicht endlich aus dem Elend führen würde, in dem es seit Menschengedenken feststeckte. In Kandahar hatte es in der vergangenen Nacht einen verheerenden Sprengstoffanschlag auf ein hauptsächlich von Ausländern bewohntes Hotel gegeben. Vor der australischen Küste lag ein norwegischer Frachter, der vierhundertfünfzig Flüchtlinge aus dem Meer gefischt hatte, die Australien nicht aufnehmen wollte.

Es ist ein Wunder, dass ich niemanden überfahren habe, und wahrscheinlich wäre ich nicht imstande gewesen, ohne zu stottern meinen Namen zu nennen, hätte mich jemand danach gefragt. Mein Herz klopfte wie das eines Primaners vor seinem allerersten Rendezvous.

Den Jaguar stellte ich mit einem Restchen Vernunft einige Meter von der angegebenen Hausnummer entfernt ab, ging die letzten wackeligen Schritte zu Fuß, an einer Reihenhauszeile entlang, vollkommen mechanisch, ungefähr so intelligent wie ein Schmetterlingsmännchen eben, wunderte mich nur für eine winzige Sekunde darüber, dass an der Klingel des Hauses mit der Nummer 218 ein ganz und gar ungriechischer Name stand, und hatte ihn schon wieder vergessen, als die Tür aufging, ohne dass ich den Knopf auch nur berührt hatte.

3

Das lockige Haar trug sie jetzt offen, ihre Füße waren nackt, gekleidet war sie wie am Nachmittag in Rock und Blümchenbluse. Ich stellte sehr rasch fest, dass dies alles war, was sie am Leib trug. Offenbar hatte sie fest mit meinem Kommen gerechnet, war sich meiner Kapitulation vollkommen sicher gewesen. So musste ich ihr lediglich zwei Kleidungsstücke vom wundervollen Körper reißen, um sie so vor mir zu haben, wie ich sie mir seit Stunden unentwegt vorstellte.

Ich wollte nur noch das eine, und zwar sofort. Und bei ihr war es offenkundig nicht anders. Inzwischen weiß ich natürlich: Sie tat nur so, sie spielte das alles ja nur, das Dreckstück. Aber wie gut sie es spielte! Ich weiß noch, wie die Haustür hinter mir ins Schloss fiel, wie ich in einem engen, mit einer überladenen Garderobe, einem albernen Schuhschränkchen und irgendwelchem Kinderkram zugebauten Flur stand und ohne alle Umstände daranging, ihre Bluse aufzuknöpfen, während sie schon an meinem Gürtel fummelte.

Der größte Teil meiner Kleidung blieb so unmittelbar hinter der Haustür liegen. Aber ich dachte mir nichts dabei, ich Trottel. Ich dachte ja schon lange nichts mehr. Mit Mühe schafften wir es ins Schlafzimmer. Das erste Mal war ein Schnellschuss, ohne jedes Drumherum, ohne Vorspiel, Gefummel und Geschnurre, wie die Tiere, einfach drauf und hoppla. Als hätte ich Jahre im Gefängnis gesessen und sie ihr bisheriges Leben im Kloster verbracht. Aber eine Nonne war sie nicht, Gott ist mein Zeuge. Merkwürdig, wie oft ich von Gott spreche, seit ich Katharina getroffen habe. Obwohl ich doch schon vor Ewigkeiten aus der Kirche ausgetreten bin und noch viel länger an kein höheres Wesen mehr glaube. Mit der Metaphysik habe ich es nicht mehr so, seit ich in die Pubertät kam.

Nach kaum dreißig Sekunden war der erste Gang zu Ende. Dann folgte jedoch nicht das Gewohnte, ein wenig kuscheln und selig gemeinsam dösen, nein, nun ging es überhaupt erst richtig los. Diese Frau hatte eine Fingerfertigkeit und eine Fantasie, die Welten entfernt war von Anjas protestantischem Pflichtbeischlaf. Ich war wie besinnungslos und ließ mich einfach treiben. Schwebte durch rot glühende Höhlen, über blühende, duftende Landschaften, wurde auf einem besonnten See von einer Sommerbrise leise hin und her gewiegt. Ich weiß nicht mehr, was ich in dieser Zeit getan habe, ob ich überhaupt etwas getan habe.

Es dauerte, wie ich natürlich erst viel später ausrechnete, über eine Stunde bis zum zweiten Mal, und was dann kam, war der Höhepunkt meines Lebens. Ein Feuerwerk mit Blitz und Donner, Orchestrion und Gebrüll. Ich schreie sonst nicht beim Orgasmus. Ich habe sogar, ehrlich gesagt, schreiende Männer bisher für eine Erfindung übereifriger Regisseure zweifelhafter Filmchen gehalten. Dieses Mal habe ich geschrien. Sie kam fast gleichzeitig. Ein Erdbeben, Stärke neun Komma fünf auf der nach oben offenen Vögelskala, verbunden mit einer kochend heißen Sturmflut und einem Vulkanausbruch.

Noch Stunden später, als ich längst zu Hause war und mich schlaflos im eigenen Bett wälzte, gellten mir ihre Schreie in den Ohren.

Als ich wieder zu mir kam, war es fast zehn geworden, die Armbanduhr hatte ich noch an, und noch immer hatten wir kein einziges Wort gesprochen. Urplötzlich überschwemmte mich eine nie gekannte Kälte, und ich verabschiedete mich mit einer Hast, die weit jenseits der Grenze zur Beleidigung lag. Für einen kurzen Moment hielt sie - wie ich glaubte: sehnsüchtig - meine Hand fest, küsste sie, drückte sie an ihre heiße Wange, sah im Sitzen mit ihren Scheinwerferaugen zu mir auf und sagte etwas in ihrer Sprache und mit ihrer warmen Stimme zu mir, was sehr schön klang, ich aber natürlich nicht verstand. Sie war ja eine so verflucht gute Schauspielerin, diese Hexe. Dann ließ sie mich gehen. Ich raffte meine Sachen zusammen, die, so bildete ich mir zumindest ein, noch genauso im Flur lagen, wie ich sie hatte fallen lassen, und floh. Ja, das war es: eine elende Flucht, vor ihr, vor mir selbst, vor meinem niederschmetternden Mangel an Selbstbeherrschung.

Ich kann mich überhaupt nicht erinnern, wie das Schlafzimmer aussah.

Noch bevor ich den Wagen erreichte, krachte mir mit der Wucht eines gusseisernen Kanaldeckels die postkoitale Depression auf den Schädel. Gewissensbisse, Angst vor Entdeckung, vor Erpressung, vor Ansteckung. Es gibt da ja die allerfeinsten Sachen: Gonorrhoe, Hepatitis A, B, C, Syphilis, Aids und Pest und Cholera. Wenn es eine Domäne gibt, von der ich etwas verstehe, dann ist es das. Keinen Gedanken hatte ich an solche Dinge wie Kondome verschwendet.

Ich war praktisch schon so gut wie tot.

Jede, aber auch wirklich jede Vorsicht hatte ich außer Acht gelassen. Noch wenige Stunden zuvor hätte ich Männer für hoffnungslos verblödet erklärt, die sich auf so etwas einließen, und noch dazu auf solche Weise. Und nun steckte ich selbst mittendrin.

Als ich mit fliegenden Fingern die Wagentür aufschloss, sah ich mich schon, von meiner Frau und aller Welt verstoßen, mit einer Schnapsflasche im Arm auf einer Parkbank dem Tod entgegenfrieren. Mein größtes Problem war nun, nach dem ersten Schrecken: Was sollte ich Anja sagen? Dass ich abends spät aus der Praxis kam, war nichts Ungewöhnliches. Aber dann pflegte ich vorher anzurufen und wenigstens so zu tun, als täte es mir leid. Inzwischen hatte sie vermutlich zehnmal versucht, mich zu erreichen, und ich würde in schlimmste Erklärungsnotstände geraten.

Nach kurzem Überlegen fuhr ich in die Weststadt zurück, zur Praxis, auf neutrales Terrain. Zunächst einmal musste ich mich beruhigen, dann duschen, um den Geruch dieser Frau loszuwerden, der zweifellos an mir haftete, und mir nebenbei die Ausrede meines Lebens einfallen lassen.

Meine Praxis liegt in einem riesigen Altbau am südlichen Ende der Häusserstraße. Soweit ich es beurteilen kann, stammt das Gebäude aus den Zwanzigerjahren. Alle vier Geschosse des hässlichen, aber geräumigen und zweckmäßigen Kastens sind mit Arztpraxen belegt.

Im Erdgeschoss haust Kemmler, ein über die Jahre arg zynisch gewordener Gynäkologe, darüber ich, dann Masurat, ein HNO-Spezialist, und ganz oben ein junger Kinderarzt, der erst vor einem halben Jahr aufgemacht hat und nicht aufhört, sich zu wundern, weshalb so wenige Patienten den Weg zu ihm finden. Das Einzige, was in dem Haus fehlt, ist ein Fahrstuhl, und ich wollte dem armen Kerl immer schon den Tipp geben, versuchsweise einmal selbst ein dreijähriges, schreiendes Kleinkind ins dritte Obergeschoss hinauf- und später wieder hinunterzuschleppen, habe es mir aber bisher verkniffen. Ich mische mich ungern in die Angelegenheiten anderer.

Gäbe es noch einen Zahnarzt, so bestünde vom medizinischen Standpunkt aus gesehen keine Notwendigkeit, das Gebäude jemals zu verlassen. Wir bezeichnen es als Ärztehaus, Anja nennt es die Spritzenkiste, und für den glücklichen Eigentümer ist das Ding vermutlich ein wundersamer, unerschöpflicher Geldautomat.

Zu den anderen Kollegen habe ich wenig Kontakt. Man sieht sich hin und wieder im Treppenhaus, grüßt sich leutselig und wechselt ein paar inhaltslose Worte.

Nur Kemmler erzählt mir manchmal einen seiner Witze, die allesamt so schmutzig sind, dass sie sich nur ein Gynäkologe merken kann.

Als ich den Wagen auf dem leeren Parkplatz neben dem mondänen Eingang abstellte, hatte ich mir immerhin schon eine halbwegs plausible Erklärung für Anja zurechtgelogen: Ein mir bestens bekannter Pharmavertreter sei unerwartet aufgekreuzt und habe mich zum Essen eingeladen. So etwas kommt vor. Er habe überaus interessante neue Sachen gehabt, und wir seien so ins Fachsimpeln (Anja würde sagen: Fachblödeln) vertieft gewesen, dass ich leider vollkommen vergessen hätte, sie anzurufen. Und - darauf war ich besonders stolz, denn es war reine Psychologie - es gebe da eine Möglichkeit, zu einem Kongress in Palo Alto eingeladen zu werden, zehn Tage mit Damenbegleitung, und alles von Alphapharm bezahlt.

Darauf würde Anja abfahren, das wusste ich. Wenn es etwas umsonst gab, dann bekam sie glänzende Augen. Auch heute noch, wo sie doch längst schon mehrfache Millionärin war.

Es kam dann alles ganz anders: Sie sei gar nicht zu Hause gewesen, erklärte sie mir schläfrig am Telefon. Ein Volkshochschulkurs, moderne Literatur oder alte Dichtung, was weiß ich. Ich erzählte ihr aus dem Stegreif etwas über Ärger mit der Kassenärztlichen Vereinigung, die mich um einige Tausend Euro betrügen wollte. Sie war's zufrieden, hörte kaum zu und wollte ohnehin bald ins Bett gehen. Anja ist abends oft unterwegs, was ich gut verstehe. Sie hat so viele Interessen, die ich nicht teile, und meist stehe ich nicht einmal als diskret gelangweilter Begleiter zur Verfügung. Fast jeden Abend gibt es in der Praxis noch etwas zu erledigen, wozu ich im Laufe des Tages wieder nicht gekommen bin. Abrechnungen sind zu prüfen, Berichte zu schreiben, Statistiken für weiß der Teufel wen zu fälschen. Und immer ist es mehr und dauert länger, als ich dachte.

Die Praxis läuft jetzt seit fünf Jahren auf meinen Namen, und bis heute habe ich die Hoffnung nicht aufgegeben, es werde mit der Zeit besser werden. Ich versuche, mehr und mehr von den lästigen Aufgaben auf meine Angestellten abzuwälzen, aber unsere Gesundheitsbürokratie schafft es immer noch, schneller neue Vorschriften und Arbeitsgänge zu erfinden, als ich sie meinen Mädels beibringen kann.

Seit sie ihren Beruf aufgegeben hat, interessiert Anja sich neben ihren ständig wechselnden Sportarten sehr für Kultur. Sie geht zu Lesungen, Kunstausstellungen, Konzerten, und ich müsste lügen, sollte ich behaupten, dass ich sie gerne begleiten würde.

Sie hat Pharmazie studiert und später in der Apotheke des Marburger Uniklinikums gearbeitet, wo wir uns vor fünfzehn Jahren kennen und lieben lernten. Nach ihrer überraschenden Erbschaft und unserem Umzug nach Heidelberg arbeitete sie noch eine Weile in der Schloss-Apotheke, anfangs noch Vollzeit, später halbtags, als ich als Oberarzt am Uniklinikum anfing, ernsthaft Geld zu verdienen, und nach einem weiteren Jahr gab sie den ohnehin ungeliebten Job ganz auf.

Seither kümmert sie sich nur noch um ihre zahlreichen Interessen oder fährt mit Freundinnen, die ich kaum kenne, nach Mannheim oder Frankfurt zum Shoppen. Jeden Abend weiß sie aufregende Geschichten zu erzählen von interessanten Begegnungen und Gesprächen, die mich kaum interessieren, von Menschen, deren Namen ich nie gehört oder gleich wieder vergessen habe.

Ich erklärte Anja großmütig, sie solle nicht auf mich warten, war erleichtert, dass sich alles so problemlos regelte, und fühlte mich wie der allermieseste Hund dabei. Ich duschte, bis ich aussah wie ein frisch gebrühtes Schlachtschwein, und versuchte, meine Kleidung durch heftiges Herumwedeln auszulüften. Wenn es wider Erwarten doch so etwas wie einen allwissenden Gott geben sollte, der alles von uns weiß und unser Treiben beobachtet, muss er sich bei diesem Anblick – falls er über so etwas wie Humor verfügt – vor Lachen den Bauch gehalten haben. Zum Glück fand sich noch ein frisches Hemd im Wandschrank. Dann rannte ich eine Weile aufgelöst im Kreis herum und beschloss schließlich, zur weiteren Beruhigung meiner geplagten Nerven ein wenig spazieren zu gehen, bevor ich mich nach Hause traute.

Wie mir zum Hohn war es eine sternenklare und friedliche Sommernacht. Obwohl der September schon begonnen hatte, war es noch warm, ein freundliches Lüftchen streichelte mein Gesicht, in Höfen und auf Balkons lachten Menschen, es roch nach Gegrilltem und irgendwelchen Blumen. Erst kam es mir vor, als wollte die ganze Welt mich auf den Arm nehmen, doch dann wagte ich allmählich, wieder durchzuatmen, mich ein wenig besser zu fühlen und neue Hoffnung zu schöpfen. Wer sollte denn etwas von der peinlichen Geschichte erfahren? Nur ich und diese Griechin wussten davon. Ich würde tunlichst meinen Mund halten, sie kannte niemanden aus meinem Umfeld, konnte sich kaum verständlich machen bei ihren minimalen Sprachkenntnissen, und ich würde sie niemals, niemals, niemals wiedersehen. Falls doch, würde ich sie nicht kennen. Und gleich morgen früh würde ich mir Blut abnehmen und einen Aidstest machen lassen.

Dafür hat man als Arzt immer eine plausible Ausrede zur Hand. Ich konnte mich mit einer Injektionsnadel gestochen oder mit einem Skalpell geschnitten haben. Bis das Ergebnis da war, würde ich nicht mit Anja schlafen. Wie ich sie kannte, würde sie nicht übermäßig traurig sein darüber. Vermutlich würde sie es nicht einmal bemerken.

Doch dann fiel mir ein: Die Inkubationszeit bei Aids beträgt acht bis zwölf Wochen, vorher sind keine Antikörper nachweisbar. Unsere erzwungene Enthaltsamkeit würde also eine Weile andauern. Seltsamerweise war ich beinahe froh über diese Erkenntnis, über die Probleme, die ich mir mit meinem Leichtsinn eingehandelt hatte. Eine gerechte Strafe für meine Schandtat. Wer gesündigt hat, muss büßen. So gehört sich das.

Erst nach Mitternacht trat ich endlich die Heimfahrt an. Anja schlief schon fest, und ich schlich mich, von irgendwelchen Göttern kichernd beobachtet, wie die billige Karikatur eines treulosen Ehemannes in mein Bett, lag ewig wach, wagte kaum, mich zu bewegen, bekam Kreuzschmerzen, schlief nach 4 Uhr endlich doch ein, erwachte um halb sieben mit wummernden Kopfschmerzen – und fand das alles gut und gerecht. Eine weitere angemessene Strafe für mich gestrauchelten Gatten. Und nicht die schlechteste Ausrede für morgendliche Wortkargheit. Überraschenderweise leistete Anja mir Gesellschaft. Sonst schlief sie mindestens bis neun, halb zehn. Zum Frühstück nahm ich zwei Schmerztabletten, aß, obwohl ich am Abend zuvor nichts zu mir genommen hatte, nur einige Häppchen Käsetoast und stand pünktlich um acht wieder in meiner Praxis.

Dort war der Teufel los. Es war eingebrochen worden. Der Medikamentenschrank, unser Giftschrank, war über Nacht ausgeplündert worden, ratzeputz leer. Sämtliche Schubladen im Vorzimmer waren herausgezogen und vermutlich auf der Suche nach Geld ausgekippt worden, alle Schränke durchwühlt. Die Mädchen waren außer Rand und Band.

»Gut, dass Sie kommen, Doc! Wir müssen unbedingt sofort die Polizei anrufen! Wir haben nur gewartet, bis Sie ...«

»Gott im Himmel, so was hab ich ja überhaupt noch nie erlebt!«

»Ganz bestimmt war das ein Drogensüchtiger.«

»Oder eine von diesen Rumänenbanden.«

»Bei dem ... jetzt hab ich doch vor Aufregung glatt vergessen, wie der heißt, also da ist auch mal so was passiert. Den haben sie dann aber später gekriegt, und, was soll ich euch sagen, es ist dann wirklich ein Drogensüchtiger gewesen.«

»O Gott, mir dreht sich alles, ich muss mich hinsetzen. Mir ist auf einmal so schlecht.«

»Hat denn jetzt schon wer die Polizei angerufen?«

»Wie sind die überhaupt reingekommen? Es ist ja gar nichts kaputt!«

»Himmel, mir wird wirklich schlecht.«

»Wieso ruft nicht endlich wer die Polizei?«

»Jesses, Bettina, du bist ja käseweiß! Doc, sie muss sich übergeben. So helft mir doch, um Himmels willen!«

Endlich war ich imstande, mich zu rühren. Wir schleppten Bettina auf die Toilette, wo sie sich mit beachtlicher Ausdauer übergab. Dadurch entstand eine Pause in diesem Tohuwabohu, und es gelang mir wieder, einen klaren Gedanken zu fassen.

Es gab keinerlei Spuren von gewaltsamem Eindringen. Kein aufgebrochenes Schloss, nicht einmal einen Kratzer an der Tür, nichts. Die Diebe mussten Schlüssel gehabt haben. Und selbstverständlich wusste ich sofort, woher. Es war ja alles so einfach, so schmerzhaft sonnenklar: Während ich im Schlafzimmer mit der Griechin herumhurte, hatte jemand in aller Ruhe meinen Schlüsselbund aus der im Flur liegenden Hose genommen, mit Umsicht und Sorgfalt Abdrücke angefertigt und alles wieder an seinen Platz gelegt. Profis sind zu so etwas in der Lage, in kürzester Zeit, das weiß ich. Sie machen Wachsabdrücke, das dauert keine Minute, und man merkt rein gar nichts davon.

Anschließend fertigen sie Nachschlüssel an.

Die Kriminalpolizei bietet eine Beratung an, wie man sein Eigentum gegen Einbrecher schützen kann. Da waren wir mal, Anja und ich, kurz nachdem wir dieses unglaubliche Haus am Heiligenberg bezogen hatten.

Plötzlich wohnten wir in einer Gegend, wo nicht zufällig vorbeikommende Gelegenheitsganoven mal eben versuchen, ob sich ein Fenster aufhebeln lässt, sondern wo Profis mit Planzeichnungen, Computern und schwerem Gerät vorfahren und sehr genau wissen, wo es etwas zu stehlen gibt, wo sich der Aufwand eines Einbruchs lohnt. In einer Gegend, wo aus jedem Haus so viel wegzutragen ist, dass eine deutsche Durchschnittsfamilie Jahre davon leben könnte. Und seit dieser Beratung weiß ich: Niemals, auch nicht für Minuten, die Schlüssel unbeaufsichtigt lassen. Meine hatten Stunden im Flur eines mir völlig fremden Hauses gelegen.

Zudem hatte ich Trottel bei der Übernahme der Praxis versäumt, die Schlösser der Eingangstür gegen moderne auswechseln zu lassen. Denn auch das weiß ich natürlich: Neue Schlösser sind wesentlich genauer gearbeitet, da geht das nicht mehr so leicht mit einem Wachsabdruck. Aber es waren eben noch die alten – zwar Sicherheitsschlösser, denn der alte Wendland, mein Vorgänger, war ja kein Dummkopf, zumindest kein so kolossaler wie ich, aber es waren eben ältere, einfachere Schlösser. Ich hatte vorgehabt, sie austauschen zu lassen, es dann jedoch wieder vergessen im Trubel der Renovierung und danach.

Bettina hatte Früchtemüsli und Kaffee zum Frühstück gehabt und offenbar auch einen Apfel oder zwei.

An apple a day keeps the doctor away.

Endlich hatte sie sich hinreichend entleert und atmete ruhiger. Auf ihren Wangen erschienen wieder die üblichen roten Flecken, und beim Zurückwanken in den Empfangsraum brauchte sie kaum noch Hilfestellung.

»Sorry, Chef«, murmelte sie verlegen. »Weiß auch nicht, der Kreislauf. Ich kann Stress am Morgen einfach nicht vertragen.«

Ich sagte ihr nicht, wie dankbar ich ihr dafür war, dass sie mir durch ihren Zusammenbruch Zeit zum Überlegen verschafft hatte. Die anderen hatten inzwischen eine flüchtige Inventur gemacht. Neben dem kompletten Inhalt des Giftschranks fehlten nur einige Kleinigkeiten wie zwei Lippenstifte und ein Liebesroman, in dem Monika heimlich schmökerte, wenn gerade nichts zu tun war, wie sie zerknirscht gestand.

Ich hatte mir inzwischen einen ersten, kurzfristigen Notfallplan zurechtgelegt. Zunächst einmal musste ich meine Angestellten beruhigen, dann musste ich mir dringend ein halbwegs überzeugendes Argument dafür einfallen lassen, warum wir vorerst *nicht* die Polizei rufen sollten, zumindest nicht gleich. Die Gefahr, dass ich mich in meiner Aufregung verplapperte, Antworten gab auf Fragen, die niemand gestellt hatte, war viel zu groß. Außerdem musste ich es schaffen, einen etwas längerfristigen Aktionsplan zu entwickeln, und inzwischen ging alle dreißig Sekunden diese verdammte, völlig unbeschädigte Tür auf, und ein Patient oder eine Patientin trudelte herein und vergrößerte den Menschenauflauf, der wild gestikulierend herumstand und schon wieder mit zunehmender Lautstärke kreuz und quer krakeelte.

Es war zum Verzweifeln. Ich bin kein Held, der mitten im größten Chaos in eiskalter Besonnenheit seine einsamen Entscheidungen trifft. Ich brauche Ordnung zum Denken. Durcheinander kann ich nicht vertragen.

Schließlich vertröstete ich das aufgeregte Volk auf halb neun und zog mich in mein Behandlungszimmer zurück. Dort versuchte ich, Ruhe in meinem Kopf zu schaffen und einen Überblick über meine neue Lage zu gewinnen. Nach einiger Zeit klappte es auch ganz gut, und das Ergebnis meiner Überlegungen war eindeutig und von niederschmetternder Klarheit: Ich war erledigt.

Die Praxis gehörte faktisch Anja. Sie war es, die das Geld geerbt hatte, ihr hatte ich es zu verdanken, dass ich nicht mehr in der Klinik schuften musste, sondern mein eigener Herr war. Was haben wir uns gefreut, als ihr Onkel Gregor das Zeitliche segnete und sich Anja zur allseitigen Verblüffung als Alleinerbin entpuppte. Nie habe ich begriffen, weshalb. Der Kontakt war bestenfalls lose gewesen. Mal eine Karte zu Weihnachten, mal eine Flasche Wein zum Geburtstag. Hin und wieder war sie vor vielen Jahren bei einem Segeltörn dabei gewesen, auf seiner Achtzehn-Meter-Jacht, die er in Cannes liegen hatte. Der alte Tunichtgut hatte keine Familie, keine Kinder, nur diesen riesigen Hund, Ronja, einen schwarzen Labrador. Es gab da schon noch andere Verwandte, irgendwo. Aber im Grunde waren mir die Hintergründe der überraschenden Erbschaft herzlich gleichgültig. Was zählte, war das Geld und was sich daraus machen ließ.

Dass Onkel Gregor nicht arm war, hatten wir natürlich gewusst. Irgendwelche, soweit ich das beurteilen konnte, sogar legalen Import- und Exportgeschäfte hatte er betrieben. Erst im Laufe der auf die Testamentseröffnung folgenden Tage und Wochen kam nach und nach heraus, um wie viel es tatsächlich ging bei diesem Geldsegen. Onkelchen hatte alles meisterhaft getarnt, versteckt, verschleiert, und das Schönste war: Der Fiskus ging nahezu leer aus.

Das Haus am Heiligenberg war offensichtlich, das ließ sich auch beim besten Willen nicht verstecken. Aber die Besteuerung lief über den Einheitswert. Inklusive Grundstück war dieser Millionenschuppen für die Erbschaftssteuer gerade mal hundertsiebzigtausend Mark wert. Die Jacht wurde verkauft, weil Anja das Segeln ohne ihren Onkel keinen Spaß machte und sie sich damals ohnehin schon längst aufs Windsurfen verlegt hatte.

Das Mehrfamilienhaus in der Innenstadt, nur wenige Schritte westlich der Heiliggeistkirche, die beiden unteren Etagen zu einhundertachtzig Mark pro Quadratmeter an eine Nobelboutique vermietet, brachte natürlich einiges mehr für den Finanzminister. Aber es warf andererseits so viel Geld ab, dass man chronische Gleichgewichtsstörungen davon bekommen konnte als leitender Oberarzt in Besoldungsgruppe A 16. Nebenbei hatte Onkel Gregor einiges fest angelegt, auf irgendwelchen Inseln, deren Namen ich nie gehört hatte, was wir dort erst mal liegen und sich weiter tüchtig vermehren ließen, und schließlich hatte das alte Schlitzohr, wie wir erst zwei Wochen später entdeckten, nachdem wir endlich den Schlüssel gefunden hatten, noch sage und schreibe siebenhundertachtzigtausend D-Mark in bar in einem kleinen Panzerschrank im Arbeitszimmer liegen. Einfach so. Es war unfassbar. Summa summarum über sechs Millionen, die jetzt uns gehörten, uns ganz allein.

Genauer: Anja.

Was sind wir herumgetobt, haben geschrien und gesungen, uns immer wieder geherzt, umarmt, geküsst. Schluss mit Klinikstress und Altbauwohnung mit fensterlosem Bad und knarrenden Böden. Keine Nacht- und Wochenendschichten mehr, adieu, Bereitschaftsdienste, nie wieder Notoperationen nachts um halb vier, nie wieder Stress mit dem Chef, für den wir, die Ober- und Assistenzärzte, die Arbeit machten, die der Drecksack dann privat liquidierte.

Und Auf Wiedersehen, Hausarbeit! Endlich sollten Anjas Hände so aussehen, wie sie sich immer schon gefühlt hatte: rein und vornehm. Eine Haushälterin musste her. Und dazu gleich noch ein Gärtner, bei dem Riesengrundstück. Wieder und wieder haben wir die unvorstellbare Summe auf ein Blatt Papier geschrieben, in Worten, in Zahlen, kreuz und quer. Mehrfach berechneten wir, wie lange das Geld reichen würde, sollten wir jeden Tag einen bestimmten Betrag auf den Kopf hauen. Wir waren völlig weggetreten und mehr oder weniger ständig betrunken. Ein Haus hatten wir ja jetzt, ein Superhaus, mit Pool und Sauna und allem. Eine Praxis musste her, ein Traum von einer Praxis, eine hypermoderne Praxis mit allem technischen Schnickschnack. Dazu endlich ein ordentliches Auto, eine Weltreise wollten wir machen und ich weiß nicht, was noch alles.

Das Geld im Panzerschrank wurde im Zuge der Umstellung von D-Mark auf Euro über Nacht zum Problem. Wir konnten ja schlecht mit einer Tasche voller Scheine bei einer Bank vorsprechen, um es umtauschen zu lassen. Deshalb liegt es immer noch dort, und wir warten noch auf eine Erleuchtung, was wir damit anstellen könnten. Aus der Weltreise ist aus unerfindlichen Gründen lediglich ein zweiwöchiger Hawaii-Trip geworden, aber ansonsten lief alles wie am Schnürchen. Der alte Kollege Wendland musste seine Praxis damals aus gesundheitlichen Gründen ziemlich überstürzt aufgeben, und ich konnte sie übernehmen. Überraschend preiswert, vorsichtig ausgedrückt, da er nicht ganz auf der Höhe und unter Zeitdruck war. Vor wenigen Wochen erst ist er gestorben. Eigentlich wollte ich zur Beerdigung gehen, aber dann vergaß irgendwer, irgendwelche Termine abzusagen, und am Ende war ich froh, eine Ausrede zu haben.

Wendlands zickige Sprechstundenhilfe, dieses unsägliche Fräulein Zierfuß, konnte mich vom ersten Tag an nicht ausstehen. Sie machte mir eine Szene nach der anderen, als die schweren Eichenmöbel, der cremeweiß lackierte Stahlschrott und Wendlands spätmittelalterliche Folterinstrumente auf den Müll flogen. Als dann auch noch die ersten PCs und die schnippischen jungen Kolleginnen in der Praxis auftauchten, erkrankte Fräulein Zierfuß heftig und hoffentlich unheilbar an der Leber. So blieb es mir erspart, einen Grund für ihre Entlassung zu erfinden. Hin und wieder rief sie mich noch an, um mich zu beschimpfen und mir die Schuld daran zu geben, dass es ihr und ihrem verehrten alten Chef so schlecht ging. Sie muss jetzt an die siebzig sein, und in diesem Alter entwickeln manche Menschen merkwürdige Ansichten.

Wenn es meine Zeit erlaubte, habe ich gerne einige Minuten mit ihr herumgezankt. Sie ist überaus kreativ im Erfinden immer neuer Vorwürfe und ausgefallener Verschwörungstheorien. So hatte ich abends auch mal etwas zu erzählen, worüber Anja lachen konnte. Nach Wendlands Tod wurde es dann aber doch ein wenig lästig mit der verrückten alten Dame. Seither hat Bettina Anweisung, sie nicht mehr durchzustellen.

Schon nach wenigen Monaten brummte der Laden, dass es eine Pracht war. Alles war neu, alles perfekt, einschließlich der technischen Ausstattung und der Sprechstundenhilfen. An den Wänden prangte großformatige, moderne und natürlich von Anja ausgewählte Kunst. Es war ein Traum aus Chrom und weißem Schleiflack. Ich war glücklich. Zumindest dachte ich bis gestern, ich sei es. Aber lässt sich jemand, der glücklich ist, so mir nichts, dir nichts mit einer wildfremden Frau ein? Weiß der Teufel. Vielleicht. Vermutlich. Nein, offensichtlich.

Eines immerhin war mir klar: Jetzt war ich unglücklich. Denn mit diesem Einbruch war alles hin. Natürlich musste ich die Sache der Polizei melden, alles andere wäre strafbar gewesen. In meinem Giftschrank lagen neben Tabalon und Novalgin, die dort eigentlich nichts zu suchen hatten, auch diverse opiathaltige Mittelchen für schwere Fälle, über die Bettina akribisch Aufzeichnungen im Betäubungsmittelbuch führte. Es war unvermeidlich, dass Anja von der Geschichte erfuhr. Und wenig später zwangsläufig von den technischen und schließlich auch von den menschlichen Hinter- und Abgründen. Sie würde mir die Szene aller Szenen machen, sämtliches Geschirr und vielleicht auch die leichteren Teile des Mobiliars zertrümmern und sich anschließend Knall auf Fall scheiden lassen. Niemand kannte ihr Temperament besser als ich. Sie war imstande, aus weit unwichtigeren Anlässen einen Stunden anhaltenden, alles vernichtenden Tornado zu entfesseln und mir vier Wochen lang böse zu sein.

Die Sache mit der Griechin würde sie mir bis in den Tod nicht verzeihen. Sie würde den besten Anwalt nehmen, den sie finden konnte, oder gleich zwei davon, und am Ende würde ich mit einem erbärmlichen Häufchen Scherben dasitzen. Mitte vierzig, ohne Arbeit, ohne Wohnung und womöglich bis über die Halskrause verschuldet. Das alles wegen eines läppischen Seitensprungs? Wegen ein paar jämmerlichen Minuten Lust?

Nein, das durfte nicht sein.

Das würde ich nicht zulassen.

Aber was tun?

Fürs Erste: Zeit schinden.

Ich hob den Hörer ab und rief die Wetteransage an, damit man draußen am Tresen sah, dass ich telefonierte. Bis zum Wochenende sollte es weiterhin sonnig und heiß bleiben, wenn auch mit zunehmender Tendenz zu Gewittern. Als der Wetterbericht einmal durch war, legte ich auf, ging hinaus und erklärte dem stumm glotzenden Publikum mit jovialer Doktormiene, alles sei in bester Ordnung. Ich hätte mit der Polizei vereinbart, dass sie ihre Untersuchungen erst später durchführen würden, damit der Praxisbetrieb nicht zusammenbrach. Wir sollten den Giftschrank nicht berühren, wegen Fingerabdrücken und so weiter, das wisse ja jeder. Die Mädels wies ich an, sämtliche Nachmittagstermine abzusagen, denn dann würden die Leute von der Kripo anrücken, um Spuren zu sichern und so weiter. Zur Sicherheit erzählte ich noch etwas von einer Einbruchsserie, einer Bande ausgebuffter Profis, die von Stadt zu Stadt zogen und mit modernsten Hilfsmitteln geradezu fließbandmäßig Praxen ausplünderten.

Es fehlte nicht viel, und ich hätte selbst an meine Geschichte geglaubt, so überzeugend habe ich sie vorgetragen. Überhaupt entdecke ich zurzeit unentwegt neue, bisher unbekannte Qualitäten, nein, sagen wir lieber, Eigenschaften an mir.

4

Ich muss jetzt um Himmels willen endlich etwas unternehmen! Immer noch sitze ich hier, in einem schäbigen, roten Plüschsessel mit knarrenden Federn, die Hände auf den Knien, und verzettle mich in Erinnerungen, vertrödle kostbare Zeit, martere mich mit Vorwürfen, anstatt etwas zu tun, mir etwas einfallen zu lassen. Wie kommt es überhaupt, dass ich sitze? Habe ich nicht eben noch gestanden? Ich muss mich wohl hingesetzt haben, in Gedanken versunken. Aber nun ist Schluss damit. Ich werde jetzt aufstehen und aktiv werden.

Jetzt!

Sofort!

Und siehe da, mit einem Mal geht es: Ich stemme mich aus dem durchgesessenen Oma-Möbel, ziehe die Vorhänge zu, wie ich es schon längst hätte tun sollen. Das Fenster gegenüber ist inzwischen dunkel. Entweder man liegt im Bett oder steht bei ausgeschaltetem Licht hinter den Gardinen und wartet gespannt, bis die Polizei kommt und diesen merkwürdigen Kerl da drüben verhaftet.

Ein Blick auf die Uhr: Kurz vor halb eins. Vor einer

Stunde etwa habe ich diese Wohnung betreten, zusammen mit Katharina, das weiß ich noch. Was danach geschah, liegt im Nebel. Ein paar Worte, es ein Gespräch zu nennen, wäre zu viel gesagt, dann ein kurzer, heftiger Streit, der Filmriss und schließlich dieses ewige, geistesabwesende Geträdel. Ich sehe schon die Schlagzeile in der Zeitung: *Mörder halb verhungert neben seinem Opfer angetroffen. Nachdem Nachbarn die in der Heidelberger Weststadt ansässige Frau K. mehrere Tage nicht zu Gesicht bekommen hatten, alarmierten sie schließlich die Polizei. Als diese die Tür aufbrach, erlebte sie eine höchst ungewöhnliche Überraschung: Der angesehene, inzwischen allerdings völlig heruntergekommene und stark unterernährte Arzt Dr. Q. …*

Es fehlt nicht viel, und ich müsste wahrhaftig lachen bei dieser Vorstellung. Aber es ist nur ein kurzer Impuls, dann holt mich die Realität wieder ein. Für mich wird es sehr lange nichts mehr zu lachen geben, wenn ich mich jetzt nicht endlich am Riemen reiße.

Ich muss mich konzentrieren.

Das kann doch nicht so schwer sein.

Endlich kommt mir eine Idee: Ich werde einen Einbruch vortäuschen. Ich werde die Wohnung ein wenig verwüsten, einige Dinge mitnehmen, die ich später verschwinden lasse, und am Ende die Tür hinter mir zuziehen und eintreten. Dann werde ich blitzschnell verschwinden, noch bevor die ersten aufgestörten Hausbewohner im Treppenhaus erscheinen. Genau so werde ich es machen, das ist gut. Zumindest ist es das Beste, was mir heute Nacht einfallen wird.

Aber eins nach dem anderen: Zunächst muss ich Spuren verwischen. Ich muss überlegen, was ich alles angefasst habe, wegen der Fingerabdrücke. Zum Glück ist es nicht viel, und ich gebe mir Mühe mit dem Abwischen. Zeit spielt jetzt keine Rolle mehr. Hätte mich jemand beobachtet, wird mir bewusst, dann wäre die Polizei längst hier. Vielleicht ist es sogar günstig, wenn ich die Tür erst später eintrete, dann, wenn wirklich alle im Haus tief schlafen. So wird mir mehr Zeit zum Weglaufen bleiben. Plötzlich bin ich ganz ruhig, fast könnte man sagen: beunruhigend ruhig, wenn es nicht idiotisch wäre.

Stopp! Ich fange schon wieder an, Unsinn zu denken.

Ich muss mich konzentrieren.

Ich! Muss! Mich! Konzentrieren!

Ich werde es schaffen.

Ich muss es einfach schaffen.

Etwas wirklich zu müssen ist für mich normalerweise eine gute Basis für einen Erfolg. Als ich glaube, sämtliche Spuren beseitigt zu haben, fällt mein Blick auf die grauen Fliesen am Boden der Kochecke, und ich sehe das Blut, das ich bei meinem dilettantischen Suizidversuch vertröpfelt habe. Das muss natürlich auch weg. Auch wenn weder meine Fingerabdrücke noch meine Blutgruppe in irgendwelchen Polizeiakten vermerkt sind: Sicher ist sicher.

*

Gestern Morgen sah meine Situation zwar übel, aber doch noch lange nicht so hoffnungslos aus wie jetzt. Nach meiner Erklärung beruhigte man sich rasch, und der Betrieb ging wieder seinen gewohnten Gang. Die Mädels sagten die Nachmittagstermine ab, ich hörte mir Klagen über Herzklopfen, Durchfall und andere Schicksalsschläge an und schrieb Rezepte wie ein Automat. Irgendwann war endlich Mittag, und ich war allein. Den Mädels hatte ich eingeschärft, sie dürften nichts herumerzählen, man könne ja nicht wissen, ob man damit nicht der Polizei ins Handwerk pfuschte. Immerhin gehe es ja wohl um Organisierte Kriminalität. Und außerdem der Vertrauensverlust für die Praxis, das zu erwartende Gerede, nicht wahr? Ich machte ein wichtiges Gesicht dabei, sie taten ernst und verständnisvoll und konnten nur mühsam ihre Freude über den unverhofften freien Nachmittag verbergen.

Und dann war endlich, endlich Ruhe.

Ich saß in meiner stillen, chromblitzenden, schleiflackweißen Luxuspraxis an meinem riesigen Designerschreibtisch im Büffelleder-Chefsessel und hatte nicht den Schimmer einer Ahnung, was ich nun tun sollte. Im Grunde blieb mir nur eine Möglichkeit, so weit war ich schon im Laufe des Vormittags gekommen: Ich musste mit der Griechin sprechen. Sie musste mir eine Verbindung zu ihren Komplizen verschaffen, und ich würde ihnen ihre Beute abkaufen, gleichgültig, was sie dafür verlangten. Ich musste sie suchen und finden. Und zwar heute noch.

Aber wie macht man so etwas?

Das Haus.

Meine einzige Spur zu ihr war das Haus in Handschuhsheim.

Sicherheitshalber rief ich Anja an und erzählte ihr etwas von einem Termin mit dem Chef der Chirurgischen Abteilung der Uniklinik. Kooperationsgespräche, schon ewig geplant, höchst interessante Perspektiven, und es könne leider wieder einmal spät werden. Erstaunlich, was man so zusammenlügen kann, ohne im Erdboden zu versinken oder wenigstens ins Stottern zu geraten. Vielleicht hätte ich in die Politik gehen oder Werbetexter werden sollen. Ich verschloss die Praxistür sorgfältig, verstaute die Schlüssel mit Umsicht und fuhr nach Handschuhsheim hinaus.

Im Radio wieder einmal Nachrichten. Der britische Premierminister Tony Blair verurteilte aufs Schärfste den Bombenanschlag auf Polizisten in Belfast, hinter dem vermutlich die IRA steckte. Der amerikanische Präsident Georg W. Bush gab markige Erklärungen zum islamistischen Terror der al-Qaida ab. In Gießen wurde ein Geldtransporter überfallen. Die Beute betrug 1,2 Millionen, und es war der erste Geldraub der deutschen Geschichte, bei dem Euros und nicht D-Mark erbeutet wurden.

Dieses Mal stellte ich den Jaguar zweihundert Meter von meinem Ziel entfernt auf einem Lidl-Parkplatz ab, setzte meine alte Sonnenbrille aus dem Handschuhfach auf, versuchte, ganz unauffällig auszusehen, und bildete mir ein, alle Welt würde hinter mir herstarren. Inzwischen war es halb zwei geworden, die Sonne brannte auf den hitzeweichen Asphalt, und ich schwitzte wieder einmal zum Erbarmen. Das Viertel lag im Mittagsschlaf, kaum ein Mensch auf der Straße.

Ein behäbiger Mann mit beeindruckender Glatze, dem der Oberstudienrat ins Gesicht geschrieben stand, strich mit großem Ernst die Innenwände seiner Garage. Als ich vorbeiging, ließ er die Farbrolle sinken und sah mir nach. Ein schläfriger Eisverkäufer in einem bunt bemalten VW-Bus hatte trotz der Hitze nichts Besseres zu tun, als jeden meiner Schritte sorgfältig zu beobachten. Zwei alte Frauen im Schatten eines mächtigen Kastanienbaums unterbrachen ihr Gespräch wegen dieses sensationellen Fremden, der hier nichts zu suchen hatte. Zwei magere Teenager in bauchfreien Häkeltops und Baggyhosen sammelten mit tiefem Ernst Papierschnipsel und Zigarettenkippen in eine pissgelbe Mülltüte. Es roch nach Pferdestall.

Bei Tageslicht wirkte das Haus noch bescheidener als am Abend zuvor. Ein schmaler Streifen einer Reihenhauszeile, aus der Baureihe »Das preiswerte Familienheim«, weiß gestrichen, viel dunkles Holz, Gesamtwohnfläche ungefähr so groß wie unser Wohnzimmer. Davor ein beinahe zu Tode gepflegtes Vorgärtchen von der Größe eines Saunatuchs, in dem vermutlich jeden zweiten Tag alle Blätter feucht abgewischt wurden. Immerhin keine Gartenzwerge. Dafür an der Haustür einer dieser albernen Kränze mit getrockneten Blümchen und buntem Band. Darunter ein dunkelblaues ovales Keramikschild, selbstredend handgetöpfert:

Hier haust die Familie Kröger nebst ihrem Hund Herakles.

Nein, Kröger hatte die Griechin nicht geheißen. Dummerweise hatte ich versäumt, ihren Namen in meinem Computer nachzusehen. Es war ein Name gewesen, der mit »Ka« begann, das wusste ich noch, Vorname Penelope. Im Grunde wusste ich nicht mehr über sie als das wenige, das Winni mir erzählt hatte, und warum sollte sie nicht auch ihn belogen haben?

Aber es war das richtige Haus, kein Zweifel.

Einmal durchatmen.

Noch einmal.

Dann drückte ich den Klingelknopf.

Nicht einmal Herakles rührte sich. Entweder er war schwerhörig oder bloß eine leere Drohung zur Abschreckung leichtgläubiger Einbrecher. Obwohl ich jetzt im Schatten stand, schwitzte ich vor Aufregung und Anspannung noch mehr als zuvor. Natürlich auch, weil ich zur Vervollständigung meiner Maskerade den alten Trenchcoat übergezogen hatte, der für Notfälle in einem der Wandschränke meiner Praxis hing.

In der Nachbarschaft krakeelten Kinder, ein Rasenmäher summte, irgendwo quäkte Countrymusic aus einem Radio, Johnny Cash vielleicht. Zu meinen Füßen lagen zwei Paar schmutzverkrustete Inlineskates. Und zu allem schien die Sonne, als wäre die Welt in bester Ordnung.

Ich klingelte ein zweites, schließlich ein drittes Mal. Als ich schon kurz vor dem Aufgeben stand, hörte ich Schritte, die Tür öffnete sich, und eine mittelalte, nicht unhübsche, wenn auch um die Hüften etwas ausgeuferte Blonde sah mich fragend-misstrauisch an. Sie hatte schmutzige Hände, trug ein neonbunt gepunktetes Kopftuch und war vom Typ »die perfekte Mutter«. Eine von der Sorte, die, wenn es um ihre Kinder geht, mit einem Stein in der Hand eine Panzerarmee angreifen, Beschwerdebriefe vom Format mittlerer Dissertationen an den Kultusminister schreiben, sich für jeden und gegen alles engagieren und, wenn gerade sonst nichts anliegt, in ihrem Garten buddeln, in dem natürlich lauter bedrohte Arten ihren Überlebensraum finden.

Mich schien sie nach kurzer Taxierung nicht zu ihren engeren Feinden zu zählen. Nachdem sie zudem erkannt hatte, dass ich nichts zu verkaufen in den Händen hielt, lächelte sie sogar vorsichtig, hielt dabei jedoch die Tür in einer Weise fest, die klarstellte, dass diese nur über ihre Leiche weiter zu öffnen wäre.

»Ja bitte?«

»Frau Kröger?«

Sie nickte verhalten, mehr mit den Augen als mit dem Kopf.

»Entschuldigen Sie bitte die Störung zu so unpassender Zeit. Aber ich muss sehr dringend eine Frau sprechen, die Sie kennen müssten. Sie ist Griechin, schwarzhaarig, heißt mit Vornamen Penelope, und der Nachname beginnt mit Ka.«

Sie gab sich wirklich Mühe, sich nichts anmerken zu lassen, aber es entging mir nicht, wie sie zusammenzuckte. Ihr Gesichtsausdruck wurde unsicher, dann ablehnend. Sie zögerte viel zu lange, als dass ihre Antwort noch hätte glaubhaft sein können.

»Tut mir leid. Der Name sagt mir gar nichts. Sie müssen sich wohl im Haus irren.«

Da stand ich nun und sah vermutlich aus wie der Trottel, der ich war. Ich stammelte etwas wie: »Dann entschuldigen Sie bitte nochmals die Störung in der Mittagszeit …« und stakste davon mit der Eleganz eines verknallten Teenagers, der den ersten richtigen Korb seines Lebens bekommen hat.

Die Frau sagte, sie kenne die Griechin nicht, und ich nickte und trollte mich brav. Obwohl ich doch wusste, dass sie gestern hier war, denn natürlich hatte ich durch den Türspalt den Teppich und auch das Schuhschränkchen wiedererkannt. Und natürlich hatte ich bemerkt, wie diese Frau Kröger beim Namen Penelope zusammenzuckte. Detektiv war definitiv kein Beruf für mich.

Der Eisverkäufer hatte inzwischen Kundschaft. Die Mädchen mit der Mülltüte, die hier offenbar im Dienste der Allgemeinheit tätig waren, gönnten sich eine Stärkung. Die beiden Damen unter der Kastanie beachteten mich nicht mehr. Jemand, der geht, ist nicht annähernd so interessant wie einer, der kommt. Der Oberstudienrat war in seinen Farbeimer getreten und hüpfte lautlos fluchend auf einem Bein in seiner Garage herum. Lautes Fluchen stand in diesem Viertel bestimmt unter Strafe.

Auf dem Hof einer Spedition brummte ein einsamer Gabelstapler mit einer Palette voller blauer Plastikfässer herum. Es roch immer noch nach Pferdestall.

Mit einem Mal wurde mir klar, dass ich hier früher schon einmal gewesen war. Natürlich musste Anja unter vielem anderen auch ein Pferd haben, nachdem wir so unverhofft zu Reichtum gekommen waren. Etwa ein Jahr lang hatte sie es hier im Reitstall am Ende der Straße stehen, und natürlich gab es auch dort regelmäßig Feste zu feiern, zu denen ich meistens mitmusste. Es war also keineswegs mein Instinkt gewesen, der mich am vergangenen Abend hierher geleitet hatte, es war mein Unterbewusstsein. Der Teil unseres Gehirns, in dem unendlich viel Wissen gespeichert ist, von dem wir nicht einmal wissen, dass wir es wissen.

Anja hat ja kaum eine Sportart ausgelassen. Als ich sie kennenlernte, spielte sie Tennis, und zwar nicht einmal schlecht, außerdem Volleyball. Später begann sie mit Begeisterung zu segeln, angestiftet von Onkel Gregor. Dann kam das Windsurfen dran, dafür verschwanden die Tennisschläger vorübergehend im Keller. Nachdem Onkel Gregor tot war und bald darauf auch sein fast blinder und dramatisch inkontinenter Hund, wurde die Jacht verkauft, denn plötzlich war Reiten angesagt. Aber auch diese Phase dauerte nicht lange. Nachdem sie zweimal nach bösen Stürzen für mehrere Wochen das Bett hüten musste, fiel das Pferd in Ungnade und wurde abgestoßen. Ich kann mich nicht einmal mehr daran erinnern, wie das Vieh hieß, weiß nur, dass ich es hasste, weil es immer versuchte, mich zu treten, wenn ich mich in seine Nähe wagte.

Inzwischen spielt Anja wieder Tennis und Golf, wenn auch nicht mehr mit der früheren Verbissenheit. Dennoch wurde sie im vergangenen Jahr zusammen mit Winni Vize-Vereinsmeister im gemischten Doppel. Zu den Jahresfeiern des TSV Neuenheim muss ich nicht mehr mit, seit ich mich dort einmal vor Langeweile so betrunken habe, dass ich nicht mehr wusste, was ich sagte. Einige Menschen grüßen mich seither nicht mehr, und Anja war mir erheblich länger als üblich böse.

Mein Zorn über mein Versagen als Detektiv gab mir neue Energie. Ich beschloss, diese Frau Kröger vom Wagen aus anzurufen, um sie noch einmal und dieses Mal mit mehr Nachdruck zu befragen.

In meiner Hosentasche steckte ein kleines, aufklappbares Nokia-Handy. Anja hatte es mir besorgt, weil man so etwas heutzutage angeblich haben musste als Mann von Welt. Noch immer hatte ich mich nicht daran gewöhnen können, erschrak jedes Mal fast zu Tode, wenn es loswimmerte, und wusste mir kaum zu helfen, wenn ich telefonieren wollte. Aber mit einiger Mühe kam ich zurecht, sogar mein PIN-Code fiel mir beim zweiten Versuch wieder ein, es war das Datum unseres Hochzeitstags.

Von der Auskunft erfuhr ich die Nummer der Familie Kröger. Ich räusperte mich ausgiebig und setzte mich gerade hin. Diesmal war ich besser vorbereitet und würde mich nicht so leicht aus der Spur werfen lassen.

»Frau Kröger, ich bin's noch mal, der Mann, der vorhin bei Ihnen geläutet hat. Entschuldigen Sie, dass ich Sie schon wieder belästige, aber ich muss diese Frau wirklich dringend sprechen. Ich weiß, dass sie in Ihrem Haus verkehrt, also erzählen Sie mir bitte nichts.«

Sie gab sich empört. Viel zu empört.

»Na, hören Sie mal! Wenn ich Ihnen doch sage ... Wollen Sie denn ... Glauben Sie mir etwa nicht?«

Sie log erbärmlich schlecht. Nein, sie log überhaupt nicht, weil sie es so offensichtlich tat, dass nicht einmal ein Erstklässler ihr Glauben geschenkt hätte. Ich hingegen war inzwischen ein wahrer Profi im Erzählen von Unwahrheiten.

»Frau Kröger, bitte. Ich weiß, dass Sie sie kennen. Ich weiß, dass sie bei Ihnen ein und aus geht. Es ist mir völlig egal, was Sie da für Geheimnisse haben. Aber ich muss sie sprechen. Ich *muss*, verstehen Sie? Es ist eine rein private Angelegenheit zwischen ihr und mir, und es ist wirklich sehr, sehr wichtig für mich.«

»Also ... Ich ... Wie ist denn eigentlich Ihr Name?«

»Müller, Johann Müller.«

Ja, so lügt der Könner. Ohne Zögern, ohne das leiseste Schwanken in der Stimme. Ich hätte nicht einmal sagen können, woher ich den Namen hatte.

»Herr Müller, Sie könnten mir nicht ein wenig genauer sagen, worum es geht?«

Damit hatte sie offiziell zugegeben, dass sie die Griechin kannte. Wir kamen voran. Vielleicht wusste oder ahnte sie ja auch, auf welche Weise diese geheimnisvolle Frau ihr Geld verdiente, und wollte nicht in deren Geschichten hineingezogen werden.

»Leider nein, Frau Kröger. Aber, bitte glauben Sie mir, Sie haben wirklich nichts zu befürchten. Ich will nicht wissen, woher Sie die Dame kennen und wie Sie zu ihr stehen. Ich muss sie nur sprechen. Bitte vertrauen Sie mir.«

Menschen dazu zu bewegen, mir zu vertrauen, ist mein Beruf. Oft genug ist das Vertrauen in den Arzt schon die halbe Behandlung. Wenn dazu noch die Sprechstundenhilfen ansehnlich und ein wenig hochnäsig sind, das Medikament einen komplizierten, lateinisch klingenden Namen hat und ordentlich teuer ist, dann sind die meisten fast schon wieder gesund. Bereits Voltaire wusste, dass die Kunst der Medizin darin besteht, den Kranken so lange bei Laune zu halten, bis die Natur ihn geheilt hat. Die Pharmakonzerne sollten gezwungen werden, bunte Zuckerpillen in ausgesucht großen, höchst dekorativen Packungen und mit besonders wohlklingenden Namen herzustellen, die dann zu atemberaubenden Preisen in den Apotheken abgegeben würden. Hintenherum müsste dieses Geld nach Abzug einer angemessenen Unkostenpauschale für alle Beteiligten natürlich zurück an die Kassen fließen, und allen wäre geholfen. Die Patienten wären gesünder, unser Gesundheitssystem nicht mehr notorisch unterfinanziert, man hätte keine Probleme mit Nebenwirkungen, die ihrerseits wieder neue Behandlungen notwendig machten, keine Umstände mit Tierversuchen, Genehmigungen, Zulassungen oder Spätfolgen. Den wenigen, die wirklich krank sind, könnte man immer noch etwas Richtiges verschreiben. Auch einer meiner Verbesserungsvorschläge, die ich niemandem auf die Nase binden werde.

Im Erwecken von Vertrauen bin ich also schon von Berufs wegen noch besser als im Lügen. Ich erschauere manchmal selbst beim sonoren Klang meiner Stimme.

Frau Kröger wurde dagegen immer unsicherer, druckste herum und kam endlich mit der dämlichsten Ausrede aller dämlichen Ehefrauen dieser Erde:

»Ich möchte das erst mit meinem Mann besprechen. Rufen Sie doch bitte heute Abend wieder an. Gegen sieben vielleicht.«

Und schon hatte sie aufgelegt. Ich versuchte es noch einige Male mit Wahlwiederholung, aber sie nahm nicht mehr ab. Was sollte ich nun tun? Ich konnte ja schlecht vor dem Haus aufmarschieren und Krach schlagen. Aufsehen war das Letzte, was ich jetzt brauchte. Mehr als fünf Stunden zu warten war ebenso undenkbar. Die Zeit lief mir davon. Vielleicht würde es mir gelingen, diesen Herrn Kröger aufzutreiben, jetzt sofort? Dazu müsste ich allerdings herausfinden, was und vor allem wo er arbeitete. Aber wie um alles in der Welt stellte man so etwas an? Nach einigen erfolglos vergrübelten Minuten beschloss ich, in die Praxis zurückzufahren und von dort das Einwohnermeldeamt anzurufen. Ich meinte mich zu erinnern, dass die Leute dort auch Normalbürgern solche Auskünfte erteilen. Außerdem würde ich in meinem Computer den Namen der Griechin nachsehen, was ich schon längst hätte tun sollen. Ich erinnerte mich nur noch, dass er mit »Kara« begann und kompliziert war.

Dieser Entschluss gab mir wieder Auftrieb.

Ich ließ den Motor an. Unterwegs wollte ich alles noch einmal überdenken und dann entscheiden, wie es weitergehen sollte.

Als ich das Ärztehaus betrat, war ich zu neunundneunzig Prozent entschlossen, Anja die Wahrheit zu sagen, den Einbruch der Polizei zu melden, mir eine halbwegs glaubwürdige Ausrede wegen der verspäteten Anzeige auszudenken und den Dingen ihren Lauf zu lassen. Ich war einfach übermüdet gewesen, unzurechnungsfähig infolge meiner Gewissensbisse. So schlimm konnte das alles nicht sein. Millionen, ach was, Milliarden Männer hatten schon ihre Frau betrogen, ohne deshalb gleich als Grillgut in der Hölle zu landen. Sollte Anja sich wirklich scheiden lassen und ich die Praxis aufgeben müssen, dann würde ich problemlos wieder eine Anstellung in einer Klinik finden. Außerdem hatte ich in den vergangenen Jahren einiges verdient, sodass ich nicht völlig mittellos wäre.

Vielleicht würde Anja sich ja doch nicht scheiden lassen. Vielleicht würde sie nur ein wenig herumzetern, nur einen Teil des Geschirrs zerdeppern, von der nicht ganz so teuren Sorte, zwei, drei Wochen schmollen und sich dann wieder mit mir vertragen. Vielleicht hatte ich alles übertrieben pessimistisch gesehen in der Aufregung und mit meinem verhagelten Gewissen.

Aus dem Briefkasten hing allerlei Post. Als der Briefträger sie brachte, lag Bettina vermutlich schon am Ufer irgendeines Baggersees in der Sonne. Ich nahm den Packen heraus, damit nichts wegkam, manche Dinge unterliegen der Schweigepflicht und dürfen nicht in fremde Hände geraten.

Auf dem Weg nach oben schalt ich mich kopfschüttelnd einen feigen Idioten und blätterte mechanisch die

Briefe durch. Werbung, Werbung, ein dicker DIN-A4-Umschlag von der Kassenärztlichen Vereinigung mit der Abrechnung für den Juli, Werbung, Werbung, meist für neue, sensationelle Medikamente, ein DIN-A5-Umschlag, graues Recyclingpapier, dünn, billig. An Herrn Dr. Quentin persönlich, kein Absender, keine Briefmarke. Mit einem unguten Gefühl im Bauch riss ich das Ding noch im Stehen auf. Ein einziger Zettel lag drin, offensichtlich aus einem Notizbuch gerissen.

Von heute an werden Sie keine ruhige Minute mehr haben, Sie Schweinehund! Glauben Sie bloß nicht, dass Sie mit Ihren Machenschaften ungestraft davonkommen!

Was sollte das nun wieder? Eine Erpressung? Wollte man mich weichkochen, um den Preis für die Rückgabe der gestohlenen Medikamente hochzutreiben? Die krakelige Handschrift kam mir bekannt vor. Von der Griechin etwa? Nein, die hatte anders ausgesehen.

Dies war wieder einer jener Punkte meiner privaten Achterbahnfahrt, an denen es unerwartet steil abwärtsging, nachdem ich einige Zeit in trügerischer Ruhe und ohne allzu harte Kurven dahingegondelt war. Plötzlich war mir wieder flau im Magen. Meine Knie gaben nach. Ich musste mich setzen.

Warum nahm dieser Irrsinn denn kein Ende? Was hatte ich verbrochen, dass ich so gestraft wurde? Es fehlte nicht viel, und ich hätte angefangen zu beten. Zwar tat ich es dann doch nicht, beneidete jedoch alle Menschen, die einen Gott zum Anbeten haben. Der ihnen Trost gibt und Zuversicht. Oder wenigstens den Glauben an eine Kraft, die auf unserer Seite ist, das Vertrauen in eine gute Macht, die bedingungslos zu uns hält.

Ich fühlte mich einsam wie noch nie in meinem Leben, saß in meinem mit weißem Leder bezogenen Schreibtischsessel, starrte eines der großen Bilder an, die an der Wand gegenüber hingen. Wie alle, die Anja über die Jahre gekauft hatte, war es abstrakt und für meinen Geschmack zu bunt, zu unruhig, beinahe bedrohlich. Sagte mir dieses Geschmiere etwas? Wollte es mir überhaupt etwas sagen?

Erst nach Minuten löste sich meine Erstarrung. Immer noch halb taub vor Schreck kramte ich einen Rest angegrauter Schokolade aus einer der unteren Schreibtischschubladen, begann das viel zu süße Zeug hinunterzuwürgen, um meinen Zuckerhaushalt aufzupäppeln, während ich, ohne jede Hoffnung, nur um irgendetwas zu tun, das Einwohnermeldeamt anrief.

Es war immerhin ein Teilerfolg: Das würde schon gehen, erklärte mir eine freundliche junge Frau in breitestem Kurpfälzer Dialekt, ich sei richtig informiert. Um die gewünschten Daten von Herrn Kröger zu erfahren, müsse ich allerdings persönlich vorsprechen, meinen Personalausweis vorlegen sowie sieben Euro mitbringen. Das Amt residierte im Rathaus, mitten in der Altstadt, mit dem Wagen schwer zu erreichen. Viel später erst wurde mir klar, dass dieses alberne Briefchen meine Situation in keiner Weise verändert hatte. Es war ja nicht einmal ein richtiger Erpresserbrief, es wurden keine Forderungen gestellt, sondern nur leere Drohungen präsentiert. Wirkliche Verbrecher, Leute, die es ernst meinten, würden so etwas ganz anders aufziehen, einem nicht mit einer solchen Kinderei kommen. Meine ganze Aufregung war vollkommen sinnlos, aber ich war einfach nicht mehr Herr meiner Sinne, sah mich schon wieder von aller Welt verlassen und aus jeder Ecke von finsteren Mächten bedroht. Ich kaute auf der Schokolade herum, trank Leitungswasser dazu, fuhr nebenbei meinen PC hoch, fand dort Penelopes Nachnamen: Karathanos, wodurch ich jedoch nicht wesentlich schlauer wurde. Ich überlegte, wie ich mehr über die Griechin herausfinden könnte.

Plötzlich kam mir eine neue Idee. Eine Erleuchtung geradezu, die mich überfiel wie ein freudiger Schock.

Was tut ein Mensch, der im Gegensatz zu mir im Vollbesitz seiner geistigen Kräfte ist, wenn er jemanden sucht, von dem er nur den Namen kennt? Richtig: Er nimmt ein Telefonbuch zur Hand. Nur Fachärzte für innere Krankheiten, die weit jenseits der Grenze zur geistigen Umnachtung sind, brauchen Stunden, um auf einen so naheliegenden Gedanken zu kommen.

Ich hastete in den Empfangsraum, fand im Handumdrehen, was ich suchte, blätterte mit fliegenden Fingern, und sie stand tatsächlich drin, es war nicht zu fassen. Karathanos, K. u. P. Zwei Namen? War sie verheiratet? Nun gut, das war nun auch schon egal. Vielleicht wohnte sie ja auch mit einem Bruder zusammen oder einer Schwester, einem Cousin und nicht mit einem heißblütigen Ehemann, der mir demnächst mit einem Messer in der Hand nachstellen würde.

Eilig wählte ich, was blieb mir übrig?

Fast sofort wurde abgenommen.

Das »Ja, bitte?«, das mir entgegenscholl, klang nicht übertrieben freundlich.

Eine sachliche, disziplinierte Stimme. Die Stimme eines Mannes, der bei einer wichtigen Arbeit gestört wurde und darüber nicht erfreut war.

»Herr Karathanos?«

»Am Apparat. Mit wem habe ich die Ehre?«

»Ich würde gerne Frau Penelope Karathanos sprechen.«

»Und Sie hätten nicht vielleicht die Güte, mir zuvor Ihren Namen zu nennen?«

Der Mann sprach ein gepflegtes, fast überkorrektes Deutsch. Nur ein minimaler Akzent verriet, dass es nicht seine Muttersprache war. Und er war hörbar schlechter Laune.

»Müller ist mein Name, Anton Müller.«

Hatte ich vorhin nicht noch Johann geheißen?

»Und in welcher Angelegenheit wünschen Sie meine Frau denn zu sprechen?«

Also doch! Seine Frau!

Schon sah ich mich wieder als Opfer eines mediterranen Eifersuchtsdramas mit einem Stilett im Rücken an einem staubigen Straßenrand liegen.

»Hallo? Sind Sie noch da?«

»Ja. Das ... kann ich Ihnen leider nicht sagen.«

»Tja, dann.«

Knack. Aufgelegt.

So ging das nicht. Ich wählte erneut. Wieder nahm er sofort ab.

»Sie geben sich nicht so leicht geschlagen, wie?«, fragte Herr Karathanos nicht mehr ganz so unfreundlich wie zuvor.

Ich hatte eine zweite Chance und keine Wahl. Jetzt half nur noch der Frontalangriff, auch auf die Gefahr hin, mir dabei ein paar Beulen zu holen.

»Ich bin Arzt, und Ihre Frau war gestern Nachmittag bei mir in Behandlung. Ich müsste sie noch einmal kurz sprechen. Es gibt da eine Unstimmigkeit wegen ihrer Versicherung.«

Aus unbekanntem Grund waren meine letzten Worte ein Volltreffer gewesen. Jetzt war er es, der Funkstille hatte. Ich konnte die Zahnrädchen in seinem Kopf leise surren hören.

Nach einer Pause von mindestens fünf Sekunden sagte er mit belegter Stimme: »Das ist dann natürlich etwas anderes. Meine Frau erreichen Sie um diese Zeit in der Universität. Sie studiert dort Germanistik.«

Natürlich hätte ich mich schon zu diesem Zeitpunkt wundern müssen, wie jemand, der offenkundig keine zwanzig Worte Deutsch sprach, Germanistik studieren konnte. Aber mir fiel nichts auf. Jemand, der um seine Existenz kämpft, mag über übermenschliche Kräfte verfügen, besonders intelligent ist er deshalb nicht.

Ich bedankte mich höflich und suchte die Nummer der Uni im aufgeschlagen vor mir liegenden Telefonbuch.

»Ein Institut für Germanistik gibt's bei uns nicht«, wurde ich belehrt. »Vielleicht meinen Sie das Germanistische Seminar?«

Von mir aus, weshalb nicht?

Es tutete. Augenblicke später schon: »Germanistisches Seminar, Sekretariat Professor Schirmer. Sie sprechen mit Siglinde Hemmerle. Was darf ich für Sie tun?«

Siglinde Hemmerles Kurs in kundenfreundlicher Gesprächsführung schien noch nicht lange her zu sein.

Ich bemühte mich, meine Stimme mindestens ebenso wohlgelaunt klingen zu lassen. »Mein Name ist Müller. Ich bin auf der Suche nach einer Frau Penelope Karatha...«

Weiter kam ich nicht.

»Die hockt drüben in der Bibliothek. Soll ich sie an den Apparat holen?«

»Oh, ja. Ich bitte darum«, krächzte ich.

Rascheln, Schritte, Türenklappen, sich entfernende Schritte, dann alles rückwärts ...

»Karathanos hier, wer spricht bitte?«

Noch fiel mir nichts auf.

»Mein Name ist Quentin. Doktor Quentin. Sie waren gestern Nachmittag in meiner Praxis und ... Na ja, Sie wissen schon. Ich müsste Sie dringend sprechen. Sehr dringend.«

Sie schwieg.

»Bitte, es ist wirklich äußerst wichtig für mich. Sie werden sich denken können, worum es geht.«

»Eigentlich ... Also, ich weiß nicht ...«

»Sie waren aber doch gestern Nachmittag bei mir, um sich ein Medikament verschreiben zu lassen?«

»Nicht … äh … dass ich wüsste.«

»Ihr Name ist Penelope Karathanos?«

»Ja. Das schon.«

»Und Sie sind Griechin?«

»Natürlich.«

Ich versuchte zu überlegen. Es gelang mir nicht. Jetzt schwieg auch ich.

Schließlich ergriff sie das Wort.

»Hier dürfte es sich wohl um eine Verwechslung handeln. Möglicherweise jemand mit einem ähnlich klingenden Namen?«

Sie war es nicht! Es war nicht ihre Stimme, und sie sprach viel zu gut Deutsch!

Mit einem riesigen Kloß im Hals würgte ich, plötzlich wieder sterbensmüde, heraus: »Dann entschuldigen Sie die Störung. Ich, bitte, ich … ich wollte nur …«

Langsam ließ ich den Hörer sinken, legte ihn erst neben den schwarzen Apparat mit den vielen Knöpfen, hob ihn nochmals an, um dieses Mal besser zu zielen. Da hörte ich die Stimme der Frau wieder: »Hallo?«

Ich nahm den Hörer wieder ans Ohr.

»Sind Sie noch da?«

»Hm.«

»Sie … wären nicht willens, mir etwas präziser zu beschreiben, worum es sich handelt?«

Was sollte nun diese Frage? Warum interessierte sie sich auf einmal so für eine Angelegenheit, mit der sie angeblich nichts zu tun hatte?

»Es ist eine ... nun ja ... rein private Sache, verstehen Sie? Und ich möchte das ungern so am Telefon ...«

Lange Pause. Wir hörten uns gegenseitig beim Atmen zu.

Und dann die Keule: »Sind Sie etwa der Doktor, der ihr gestern Abend beiwohnte?«

Sie sagte tatsächlich »beiwohnte«. Penelope Karathanos befasste sich offenbar bevorzugt mit der älteren deutschen Literatur. Ich schwieg einfach weiter. Nicht einmal ein Krächzen hätte ich mehr herausgebracht.

Leise fuhr sie fort: »Unter diesen Umständen wäre es möglicherweise von Vorteil, wenn wir uns träfen. Unser Seminar liegt am Karlsplatz. Es gibt ein schönes Lokal unweit von hier. Wir könnten einen Kaffee zusammen trinken. In einer halben Stunde? Käme Ihnen das gelegen?«

Plötzlich fühlte ich mich wieder wie der verliebte Oberschüler, der auf einmal doch wieder Hoffnung hat, ein Rendezvous mit seiner Angebeteten zu ergattern.

»In einer halben Stunde?«, wiederholte sie, als ich nicht schnell genug antwortete.

Ich nickte begeistert, was sie natürlich nicht sehen konnte, und hatte Herzklopfen.

»Woran kann ich Sie erkennen?«, schob ich deshalb schnell hinterher.

»Ich trage ein grünes Kleid. Aber Sie brauchen sich keine Gedanken zu machen. Ich werde Sie erkennen. Sie hat Sie mir höchst ausführlich und ... auch durchaus liebevoll beschrieben.«

5

Wie es sich für einen verliebten Jüngling gehört, war ich viel zu früh an der verabredeten Ecke. Ich konnte es kaum erwarten, endlich die Wahrheit über die Frau zu erfahren, von der ich nach wie vor nicht viel mehr wusste, außer dass sie wenig sprach, verteufelt gut aussah und im Bett alle mir bis dahin bekannten Maßstäbe sprengte. Mit einem Mal, merkte ich, war mir die Frau selbst fast wichtiger als die unerfreulichen Begleitumstände, derentwegen ich sie unbedingt sprechen wollte.

Das Lokal an der Ecke hieß Gasthaus zum Eisernen Kreuz. Ich setzte mich unter einen der weißen Sonnenschirme und nutzte die Zeit, um endlich etwas Richtiges zu essen. Dies war jedoch nicht ganz einfach. Das Eiserne Kreuz war trotz des trutzigen Namens ein Café, dessen Speisekarte mehr auf ältere Damen mit Figurproblemen ausgerichtet war als auf halb verhungerte Ehebrecher. Schließlich entschied ich mich für zweimal Toast Hawaii, dazu eine große Flasche Mineralwasser, und überlegte missmutig, dass dies eigentlich ein Tag für angenehmere Beschäftigungen als das Vertuschen von Ehe- und Einbrüchen war. Die Sonne schien, der Himmel war blau wie sonst nur im Herbst, von oben herab musterte mich mit tausend dunklen Augen das würdige rote Bilderbuchschloss. Scharen von Menschen gingen, schlurften oder stöckelten über den Karlsplatz. Heidelberg ist ja voller Studenten und – in der warmen Jahreszeit – Touristen.

Die Toasts kamen rasch. Schon die ersten Bissen hoben meine Laune spürbar. Das Beobachten der Passanten und mehr noch der Passantinnen begann mir Spaß zu machen. Da gab es den Typ »Öko«. Das waren die meist zu warm angezogenen Schlurfer auf flachen Sandalen, wegen der Hitze heute immerhin ohne Wollsocken. Am Leib duldeten sie nur naturgefärbte, kunststofffreie Stoffe, und Kosmetika aller Art waren streng verboten. Eine gewisse ungesunde Blässe gehörte bei dieser Sorte zum Look. Außerdem schleppten sie alle Jutetaschen mit sich herum, in denen sich vermutlich neben dicken Büchern über schwerwiegende Probleme hauptsächlich Mohrrüben und Kressesamen befanden.

Eine rotgelockte Diva querte auf hochhackigen Schuhen und erhobenen Hauptes den Platz. Das Wissen um ihre Attraktivität blitzte aus ihren Augen. Die Tatsache, dass soeben mindestens zwanzig Männer sie beobachteten und vermutlich überlegten, mit welcher Masche man sie wohl ins Bett locken könnte, ließ sie unentwegt lächeln. Diese Frau hatte es nicht nötig, sich makrobiotisch zu ernähren, damit es ihr gut ging. Der ging es auch so gut.

Es ist ja nicht so, dass Menschen, die viel Rohkost essen und Kräutertee trinken, besonders gesund sind. Im

Gegenteil: Die Gesunden essen, worauf sie Appetit haben, und finden den Gedanken befremdlich, es könnte etwas falsch daran sein.

Seit Neuestem sah man immer mehr Menschen auf den Straßen mit Mobiltelefonen am Ohr. Hoffentlich legte sich dieser Unfug bald wieder. Man konnte ja praktisch darauf warten, bis die Ersten gegen einen Laternenmast liefen oder unter ein Auto.

Am Nachbartisch unterhielten sich zwei Paare angeregt auf Italienisch und verzehrten riesige Mohrenköpfe dazu, offenbar eine Spezialität des Hauses, denn ich sah die großen Kugeln auch auf anderen Tischen. Nicht weit von mir diskutierten zwei Anzugträger engagiert und mit finanztechnischen Fachbegriffen gewürzt die Nachwehen der Dotcom-Krise und die Schwäche des Yen.

Anja hätte das interessiert. Da sie gerne wettete, hatte sie nach Antritt ihrer Erbschaft bald begonnen, an der Börse zu spekulieren. Zu meiner Verwunderung mit beachtlichem Erfolg. Den Boom der lange Zeit gehypten Technologieunternehmen hatte sie geschickt genutzt, um fette Gewinne einzustreichen, aber im Gegensatz zur großen Herde war sie rechtzeitig vom Zug abgesprungen, bevor er in den Abgrund raste. Ich weiß nicht, wie viel sie dabei verdient hat, schätze aber, dass es nicht viel weniger als eine Million sein dürfte. Wer hat, dem wird gegeben, steht schon in der Bibel. Und wer nichts hat, der hat – nach Ansicht von Anja und ihren Freunden – wohl irgendetwas falsch gemacht in seinem Leben.

Eine Horde erschöpfter japanischer Touristen wurde von ihrem Sklaventreiber in Richtung Schloss gescheucht. Vermutlich mussten sie noch heute Abend Neuschwanstein besichtigen und spätestens morgen Mittag in Wien sein, um ihren Terminplan einzuhalten.

Dennoch beneidete ich sie. Ja, ich beneidete sie alle. Touristen und Studenten, Männer und Frauen, jeden Menschen, der keine Praxis mit ausgeraubtem Giftschrank hatte, sich nicht von heimtückischen Patientinnen verführen ließ, nicht erpresst wurde, nicht mit einer moralpingeligen Ehefrau gestraft war und nicht an Aids sterben musste.

Das Germanistische Seminar befand sich am südlichen Rand des Platzes in einem blassgelben Palais mit grünen Fensterläden und einer breiten hellbraunen Tür in der Mitte. Hin und wieder öffnete sich diese Tür, Menschen aller Haut- und Haarfarben kamen und gingen.

Punkt Viertel nach vier trat sie aus dem Haus. Ich erkannte sie schon von Weitem am grünen Kleid und winkte ihr zu. Sie sah nicht schlecht aus, war Ende zwanzig, zeigte ähnlich stolze Bewegungen wie die andere Griechin, kam mit ernster Miene auf mich zu, setzte sich an den Tisch und sagte: »Hallo«, ohne mir die Hand zu geben. Und dann, nachdenklich in mein Gesicht blickend: »Sie sind also ihr Doktor.«

Plötzlich lächelte sie. Sie hatte kaum, nein, eigentlich überhaupt keine Ähnlichkeit mit der Frau, die ich suchte. Sie war einen halben Kopf kleiner, kastanienbraunes, volles Haar mit hochgesteckter Sonnenbrille umwallte ein rundliches Gesicht, und aus der Nähe sah sie auch nicht ganz so gut aus, wie ihr Anblick aus der Ferne versprochen hatte. Etwas zu üppig, eine unreine Haut mit unschönen Pigmentflecken auf dem Dekolleté und den Armen und ein Busen, dem ein ordentlicher BH gutgetan hätte.

Sie orderte einen Cappuccino und fuhr leise fort: »Selbstredend waren Sie richtig bei mir. So häufig wird mein Name wohl nicht erklingen in dieser Stadt. Und es ist wahr, mir ist Ihre ... die Frau, welcher Sie nachspüren, recht wohl bekannt. Es ist nur leider eine durchaus delikate Angelegenheit, weshalb ich am Telefon nicht darüber sprechen mochte.«

»Nach Ihrer Reaktion vorhin hatte ich das schon vermutet.«

Ich nahm einen großen Schluck von meinem Wasser, versuchte ein Lächeln und weiß nicht, ob es gelang.

Ihr Blick wich keine Sekunde von meinem Gesicht. Sie hatte eine Art, einen anzusehen, dass man unwillkürlich zu überlegen begann, womit man sich wieder einmal unbeliebt gemacht hatte.

Ihr Cappuccino kam.

»Ja«, sagte sie und lächelte nach wie vor wissend. »Die grauen Schläfen, die hohe Stirn, die traurigen Augen ...«

»Sie hat mich Ihnen wirklich beschrieben?«

Penelope Karathanos nickte, nippte an ihrem ungesüßten Cappuccino, der offenbar zu heiß war.

»Das Ganze ist ... nun ... nicht ganz gemäß dem Gesetz.« Ihr Lächeln erlosch, verlegen senkte sie den Blick. »Und in Wahrheit ist ihr Name natürlich nicht Penelope. Ich selbst bin in dieser Sache nicht frei von Schuld und könnte dadurch in Kalamitäten geraten. Aus diesem Grund würde ich zunächst gerne erfahren, worum es Ihnen geht, bevor ich weiterspreche.«

Für einige Sekunden spielte sie an ihrer bunten Halskette herum, sah einem älteren Herrn nach, der einen störrischen Cockerspaniel in Richtung Marktplatz zerrte.

»Oder wünschen Sie, sie wiederzusehen? Ist dies der Grund, weshalb Sie nach ihr fragen?«

Jetzt sah sie mir wieder ins Gesicht. Freundlich diesmal, verschwörerisch fast.

»Was hat sie Ihnen denn ... von uns erzählt?«, fragte ich mit belegter Stimme. Inzwischen war ich wieder einmal restlos verwirrt. Bis eben noch hatte ich in der anderen Griechin ein verlogenes Luder gesehen, das mich in ihr Bett gelockt hatte, um ihren Komplizen Zugriff auf meinen Schlüsselbund zu verschaffen, und nun wollte mir diese Penelope offenbar einreden, alles sei ganz anders. Meine geheimnisvolle Patientin habe sich in mich verguckt. Gehörte sie auch zu der Diebesbande? Weshalb ließ sie sich dann aber auf dieses Gespräch ein? Hätte sie in diesem Fall nicht einfach alles geleugnet? Abgestritten, die andere Penelope überhaupt zu kennen, die Frau, die gar nicht Penelope hieß?

»Vieles hat sie mir erzählt, o ja. Sie war völlig hin

und weg von Ihnen. Sie haben einen ganz enormen Eindruck bei ihr hinterlassen.« Mit einem Verschwörerblick sah sie mir ins Gesicht.

Wäre ich doch nicht so ein Idiot gewesen! Ich hätte in dieser Sekunde nur zu nicken brauchen. Diese Frau hatte Sinn für Romantik, welche Frau hat keinen Sinn für Romantik, und hätte das getrennte Liebespaar mit Freuden zusammengeführt. Die Frau, die, wie ich inzwischen immerhin wusste, nicht Penelope hieß, würde noch leben, ich hätte keine Sorgen und Existenzängste, alles wäre gut.

Aber ich war ein Idiot, hatte nichts begriffen und habe den Kopf geschüttelt. Langsam, verwirrt, bodenlos dämlich. Hin- und hergerissen zwischen Wut und Hoffnung auf was auch immer.

In meinem Kopf schlugen die Gedanken und Gefühle schon wieder Purzelbäume. Die Frau, die andere, hatte sich in meiner Praxis als Penelope ausgewiesen, hieß in Wirklichkeit aber nicht so. Sie hatte mich in ein Haus gelockt, wo man sie am nächsten Tag nicht kennen wollte, und dort mit mir geschlafen, dass die ganze Häuserzeile bebte. Anschließend wurde mein Medizinschrank ausgeraubt, und ich erhielt einen merkwürdigen Drohbrief. Und nun kam diese Penelope daher, die richtige Penelope, um mir zu erzählen, die andere, deren richtigen Namen ich noch immer nicht kannte, sei von mir beeindruckt gewesen, habe sich quasi in mich verliebt, wenn ich sie richtig verstand.

Ich schüttelte also mechanisch den Kopf, ohne zu ahnen, dass ich damit ein Todesurteil verhängte.

Als ich ihren Gesichtsausdruck bemerkte, war schon alles zu spät. Ihr Lächeln war verschwunden, ihr Blick eiskalt.

»Was wünschen Sie dann von ihr?«

»Ich ... Sehen Sie, es ist so, in meine Praxis ist letzte Nacht eingebrochen worden. Es wurden einige Dinge gestohlen, und ich habe leider Grund zu vermuten, dass Ihre ... Bekannte dabei irgendwie ...«

Hoch aufgerichtet saß sie jetzt auf ihrem Stuhl. In ihrem Gesicht erschienen unschöne rote Flecken.

»Das ist ja wohl ...«, fauchte sie. »Sie sind ja nicht ganz bei Verstand!«

»Was würden Sie denn denken, wenn ...«

Sie beugte sich vor und blitzte mich an.

»Sie ist eine anständige Frau!«, sagte sie laut und wurde mit jedem Wort noch lauter. »Dass sie sich Ihnen hingegeben hat, bedeutet doch wohl nicht, dass sie ... Also wirklich, Sie sollten sich schämen!«

Wenn sie schauspielerte, dann spielte sie ihre Rolle verdammt gut. Die Italiener am Nachbartisch verstummten und begannen zuzuhören. Ich versuchte Penelope am Arm zu fassen, was sie nur noch mehr gegen mich aufbrachte.

»Dann erklären Sie es mir doch. Oder geben Sie mir ihre Adresse oder wenigstens eine Telefonnummer, damit ich mit ihr sprechen kann. Dann werden wir ja sehen, ob sie eine so anständige Frau ist, wie Sie behaupten.«

Mit einer knappen Bewegung zog sie die dunkle Sonnenbrille über die Augen und sprang auf.

»Nichts dergleichen werde ich tun. Ihr Vertrauen auszunutzen, ihre Gutmütigkeit zu missbrauchen und dann solch schlimme Dinge von ihr zu denken! Sie sind wirklich ein ... Sie sind verheiratet, nicht wahr?« Ein Blick auf meine Hände, ein kurzes, kaltes Lachen. »Natürlich sind Sie das! Aber damit müssen Sie nun leider allein fertigwerden.«

Bevor ich den Mund wieder aufbekam, war sie gegangen.

*

Inzwischen habe ich ein recht ordentliches Durcheinander in Katharinas Wohnung angerichtet. Sieht alles sehr überzeugend nach Einbruch aus, soweit ich das beurteilen kann. Die Stehlampe aus den Fünfzigerjahren mit den bunten Tütenschirmen habe ich umgeworfen beziehungsweise umgelegt, denn ich darf ja keinen Lärm machen. Ich habe vorsichtig einige Schubladen aufgezogen und ein wenig durchgewühlt, einige ganz herausgenommen und ausgekippt. Um keine Fingerabdrücke zu hinterlassen, habe ich mir zuvor aus der Küche zwei Ofenhandschuhe geholt und angezogen. Das Blut vor dem Herd habe ich schon aufgewischt und dann den Lappen ausgespült und im Klo versenkt.

Die Situation hätte für Außenstehende sicherlich einiges an Unterhaltungswert zu bieten. Da liegt eine tote Frau im Raum mit einem schwarzen Kissen auf dem Gesicht, und ich, ihr Mörder, schleiche mit riesigen, bunten Häkeltopflappen an den Händen herum, tue so, als wäre ich ein Dieb, und produziere mit großer Umsicht und Sorgfalt, immer wieder zurücktretend und mein Werk überprüfend, ein möglichst großes Chaos.

Ja, hier kann alles so bleiben. Jetzt noch in der Küche und im Schlafzimmer für ein bisschen Unordnung sorgen, aber das wird nicht lange dauern. Im Flur gibt es nur eine einzige Schublade in einem kleinen, hoffnungslos hässlichen Telefontischchen ohne Telefon. Vermutlich wie alles andere vom Vormieter geerbt. In fünf Minuten spätestens bin ich weg. Inzwischen möchte ich nichts dringender, als endlich von hier zu verschwinden.

*

Sogar Penelopes halb ausgetrunkenen Cappuccino musste ich bezahlen. Sie war noch keine zehn Schritte gegangen, da hatte sie schon das Handy am Ohr und telefonierte, heftig gestikulierend. Zweimal sah sie zu mir zurück, bevor die schwere Holztür des Germanistischen Seminars hinter ihr ins Schloss fiel.

Erst Frau Kröger, jetzt diese undurchsichtige Germanistikstudentin. Nein, an diesem Tag hatte ich offenbar kein Glück mit Frauen. Unsinn, ich hatte noch nie Glück mit Frauen.

Wenn ich ehrlich bin, ist es nicht wahr, dass ich Anja immer treu war. Ich hätte schon manchmal Interesse an anderen Frauen gehabt, aber immer hat es mir entweder an Gelegenheit oder im entscheidenden Moment an Mut gefehlt. Mangel an Mut und Angeboten ist aber noch keine Treue. Und bei der ersten wirklichen Gelegenheit habe ich dann ungefähr so viel Kontrolle und Selbstbeherrschung an den Tag gelegt wie ein brünstiger Hirsch.

Ich sehe nicht besonders gut aus, auch nicht besonders schlecht, daran liegt es nicht. Ich gehe nicht aus mir heraus und lasse andere Menschen ungern an mich heran. Die paar Male in meinem Leben, als mir eine Frau Blicke zuwarf oder ich es mir zumindest einbildete, habe ich weggesehen und mein Onkel-Doktor-Gesicht aufgesetzt. Auch deshalb halten viele mich für stolz, manche wohl auch für arrogant, alle aber für sehr selbstsicher.

Mein ganzes Selbstbewusstsein besteht in Wahrheit aus hübsch übertünchter Unsicherheit. Ich brauche einen großen Abstand zu anderen und trage deshalb immer ein kleines, unsichtbares Gefängnis mit mir herum. Nein, auch das stimmt so nicht. Ich sperre ja nicht mich ein, ich sperre die anderen aus. Ich bin ein Igel. Das genaue Gegenteil zum Beispiel von Winni, dem Apotheker, der jeder Frau, die ihm über den Weg läuft und nicht gerade zum Zähneklappern aussieht, ein vertrauliches Zwinkern und ein Lausbubenlächeln schenkt. Und jede Zweite zwinkert und lächelt zurück. Sogar Anja, die sonst der personifizierte Anstand ist, tut geschmeichelt und strahlt, wenn er vor ihr Männchen macht.

Wenn meine Penelope nur ein klein wenig gelächelt, wenn sie die leiseste Spur eines Flirtversuchs an den Tag gelegt, nur andeutungsweise mit den Lidern gezuckt hätte, ich hätte sie nicht angerührt. Aber sie hat ja keine Miene verzogen. Sie hat mich nur so ernst und schutzlos angesehen mit ihren großen, dunklen Augen.

Mit schwummrigem Kopf schlich ich zum Jaguar zurück. Er stand im Parkhaus am Kornmarkt, gleich um die Ecke. Einmal mehr hatte ich keinen Schimmer, wie es weitergehen sollte. Es blieben mir nur noch wenige Stunden, dann musste ich die Polizei informieren.

Als ich das Parkhaus betrat, setzte ich mir eine Frist: Um 6 Uhr, in anderthalb Stunden, würde ich aufgeben.

Weiter würde meine Kraft ohnehin nicht mehr reichen. Die zwei Toasts hatten mich nicht merklich gestärkt. Nach einigem Suchen fand ich mein Auto, ließ mich stöhnend in den Sitz fallen, zog die Tür hinter mir zu. Endlich wieder etwas Vertrautes. Ein kleiner Raum, wo ich mich auskannte, die Welt durch dickes Blech von mir abgeschirmt. Ich schaltete die Musikanlage ein, startete die CD, die zurzeit immer darin lag – Debussy, *Les Trois Sonates* –, und schloss die Augen.

Wieder einmal begann der Drang übermächtig zu werden, dem Schicksal seinen Lauf zu lassen, Anja und die Polizei anzurufen und alle viere von mir zu strecken.

Was konnte ich denn noch tun? Zum Einwohnermeldeamt gehen, das keine zweihundert Meter entfernt war, und versuchen herauszufinden, wo dieser Herr Kröger arbeitete? Vermutlich hatten die längst geschlossen oder wussten nichts von einem Mann dieses

Namens oder durften aufgrund einer brandneuen Vorschrift an Donnerstagnachmittagen Ärzten keine Auskünfte geben.

Es war eine dieser Ideen, die aus dem tiefen Unterbewussten kommen. Es war nicht einmal eine Idee, sondern nur ein spielerischer Versuch. Das Handy lag auf dem Beifahrersitz, die Nummer der Uni war gespeichert. Sekunden später hatte ich erneut das Germanistische Seminar am Ohr und hörte die geschulte Stimme der Sekretärin ein zweites Mal ihr kundenorientiertes Sprüchlein aufsagen.

»Kröger? Sie meinen unseren Doktor Kröger? Sekunde bitte, ich verbinde.«

Und Augenblicke später, nicht unfreundlich klingend: »Kröger hier?«

Das ging alles so schnell, dass ich zunächst vor Verblüffung keinen Ton herausbrachte. Erst als er ungeduldig: »Hallo? Kröger hier«, sagte, räusperte ich mich.

Ich war zu verwirrt und hatte vielleicht auch nicht mehr die Energie, ihn anzulügen. So blieb mir nichts anderes übrig, als die Wahrheit zu sagen. Selbst wenn ich gewollt hätte, es wäre mir keine Lüge mehr eingefallen.

»Mein Name ist Quentin, Doktor Quentin. Ich bin Arzt, aber das tut eigentlich gar nichts zur Sache.«

Tat es wirklich nicht, aber so ein gemeinsamer Titel schafft Vertrauen, und ich bin ja bekanntlich ein Genie im Erwecken von Vertrauen. Von diesem Moment an war es ein Gespräch unter Kollegen.

»Ich suche eine bestimmte Frau in einer privaten

Angelegenheit. Leider weiß ich nicht einmal ihren Namen. Ich habe aber Grund zu der Annahme, dass Sie diese Frau kennen. Zumindest wenn Sie der Herr Kröger sind, den ich meine. Sie wohnen doch in Handschuhsheim draußen?«

Er brummte vorsichtig zustimmend.

»Diese Frau hat sich mir als Penelope Karathanos vorgestellt. Aber das ist, wie ich inzwischen weiß, nicht ihr wirklicher Name.«

Schweigen.

»Griechin ist sie, so viel weiß ich immerhin. Können Sie mit diesen Informationen irgendetwas anfangen?«

Immer noch schwieg er.

Wieder dieses plötzliche Zögern, diese Vorsicht, sobald die Rede auf die Frau kam. Lange, viel zu lange Pause, dann endlich: »Herr …«

»Quentin.«

Er setzte seine Worte ungefähr so, wie man die Füße auf zu dünnes Eis setzt.

»Wieso interessieren Sie sich denn für sie?«

Einmal mehr erzählte ich mein Märchen, etwas mit der Krankenversicherung müsse geklärt werden. Er schien sich keine Sekunde darüber zu wundern, dass ich mich persönlich um eine solche Lappalie kümmerte.

»Nun, Herr … ähm … Quentin … Das ist nun leider eine … ähm … etwas heikle Geschichte. Zunächst einmal, ja, ich kenne sie, okay, aber …«

»Aber was?«

Er schien zu überlegen.

»Das Beste wäre, wenn wir uns treffen würden. Es

ist wirklich eine, na ja, ein bisschen kitzlige Angelegenheit. Mehr möchte ich im Moment lieber nicht dazu sagen. Wann und wo wäre es Ihnen möglich?«

»Jederzeit und überall. Wenn es geht, bitte sofort. Es ist leider sehr, sehr dringend.«

»Okay. Das dürfte sich machen lassen.«

Papier raschelte, vermutlich blätterte er in seinem Kalender.

»Gleich habe ich noch eine mündliche Prüfung bis ... Viertel nach fünf ... Was halten Sie von halb sechs? Hier im Institut?«

Dieser Dr. Kröger war mir ungeheuer sympathisch. Er war meine Kragenweite und würde sich nicht so zickig anstellen wie seine Frau oder Penelope Karathanos. Wenn ich endlich Namen und Adresse der Griechin wusste, dann würde alles Weitere ganz leicht sein.

Ich saß im Jaguar, hörte Debussy, atmete tief durch und hätte schwören können, dass es draußen eben um einiges heller geworden war. Bald würde ich endlich wissen, was es mit dieser rätselhaften Frau auf sich hatte. Ich würde zu ihr fahren, mit ihr sprechen, verhandeln, sie überzeugen. Sie würde mit ihren Komplizen Kontakt aufnehmen, und ich würde jeden Preis bezahlen, den sie verlangten. Jeden.

Konnte es den Ganoven letztlich nicht gleichgültig sein, wie sie zu ihrem Geld kamen? Ob ihnen irgendwelche bibbernden Junkies den Inhalt meines Giftschranks abkauften oder der rechtmäßige Besitzer? Warum sollten sie sich also gegen den Deal sperren? Und morgen früh würde alles wieder sein wie immer. Den Mädels würde ich eine blumenreiche Geschichte erzählen, die Kripo habe die Täter schon verhaftet und die Beute sichergestellt, im Zuge einer Wohnungsdurchsuchung oder einer Razzia zum Beispiel, und sie anschließend zu strengster Verschwiegenheit verpflichtet.

Minuten blieb ich im Wagen sitzen und ließ noch einmal alles Revue passieren. Vor knapp vierundzwanzig Stunden hatte sie mein Behandlungszimmer betreten, ihr billiges Blüschen und den dreimal verfluchten BH ausgezogen, mir ihre Brüste präsentiert und in die Augen gesehen. Und, es war nicht zu fassen, meine Hormone begannen schon wieder Karussell zu fahren. Mit Anja schlafe ich alle zwei, drei Wochen. Früher häufiger, aber in den letzten Jahren, seit die Praxis richtig läuft, bin ich an den Abenden meist zu abgekämpft oder sie ist unpässlich. Ich hoffe immer noch, dass ich irgendwann auch mal wieder früher Schluss machen kann, nicht mehr jeden Tag hundemüde nach Hause torkle, maulfaul eine halbe Flasche Wein in mich hineinschütte, oft schon auf der Couch einnicke, während Anja ihre Krimis oder Komödien guckt, und mich später im Bett auf die Seite drehe und schlafe, noch bevor das Licht aus ist.

Allerdings hatte ich bislang nicht den Eindruck, dass sie etwas vermisst. Die Leidenschaft der ersten Jahre ist verflogen. Vielleicht hat es auch mit ihrer Fehlgeburt zu tun und dem Umstand, dass sie keine Kinder bekommen kann. Ich weiß es nicht, und wir sprechen nicht über solche Dinge. Ich selbst war bisher zufrieden mit der Situation. Mein sexueller Drang hielt sich immer in vernünftigen Grenzen. Bildete ich mir bis gestern jedenfalls ein.

Und nun, keinen Tag nach diesem Wahnsinnssex, nachdem diese Frau mich regelrecht ausgesaugt, nachdem sie mich belogen, betrogen und beklaut hatte, verspürte ich schon wieder Lust, ihre Bluse aufzuknöpfen, ihr den Rock über die straffen Hüften zu streifen, ihre glatte, heiße Haut zu berühren, ihren Geruch einzuatmen, ihre unternehmungslustige Zunge im Mund zu spüren.

Ich beschloss, ein wenig spazieren zu gehen, um auf andere Gedanken zu kommen. Etwas mehr als eine halbe Stunde hatte ich zu vertrödeln. Dreißig Minuten ohne ein Ziel, ohne Pflichten, ein lange nicht gekannter Zustand. Mit den Händen in den Hosentaschen machte ich einen Bummel die Heidelberger Hauptstraße hinunter, betrachtete die Andenkenbuden an der Heilig-Geist-Kirche, wo man für Mondpreise original handmade Cuckoo-Clocks und garantiert echte Münchner Oktoberfestkrüge erstehen konnte. Ich studierte die Auslagen von Schaufenstern, die mich nicht interessierten, betrachtete Fassaden und Plätze wie ein Tourist, war froh, kein bekanntes Gesicht zu treffen, und landete schließlich im Kaufhof.

Dort kam ich auf den Gedanken, mir zur Belohnung etwas Schönes zu kaufen, sollte ich heil aus dieser vermaledeiten Zwickmühle herauskommen. Irgendeine Kleinigkeit nur für mich.

In der Abteilung für Unterhaltungselektronik stand mein Entschluss fest: Eine dieser winzigen Stereoanlagen würde es sein. Für mein Arbeitszimmer, damit ich dort ungestört meinen Debussy hören konnte. Ich freute mich darauf. Es war ja nur noch eine Frage von Stunden, bis sich alles klären, bis ich endlich die Wahrheit über die geheimnisvolle Schöne erfahren und sie wiedersehen würde.

Ewigkeiten war ich in keinem Kaufhaus mehr gewesen, wurde mir bewusst. Seit wir Millionäre sind, kaufen wir nur noch in feinen Geschäften ein, und seit die Praxis brummt, kaufe ich überhaupt nicht mehr ein. Anja sorgt für mich. Sie beschafft alles, was ich brauche. Sie kennt meine Größen, und was nicht passt, wird umgetauscht. Es macht ihr Spaß, mich einzukleiden, und inzwischen sehe ich längst aus wie ihre persönliche Barbiepuppe. Alles hat sie ausgesucht: die helle Leinenhose von Armani, das feinkarierte Lagerfeld-Hemd, die Burberry-Socken, die leichten italienischen Schuhe, das Jackett von weiß der Teufel wem. Das Zeug trägt sich ganz angenehm, ich habe nichts dagegen einzuwenden, aber es liegt mir auch nichts daran.

Manchmal, am Wochenende, nehme ich meine alten Jeans aus dem Schrank und eines meiner, wie Anja sagt, Holzfällerhemden und laufe herum wie früher. Dann guckt sie belustigt, lächelt ihr ironisches Lächeln, sagt aber nichts. Manchmal denke ich, sie hält mich für blöde. Und sie hat recht, ich bin es ja auch.

Pünktlich um halb sechs klopfte ich an die breite, weiß lackierte Tür von Dr. phil. habil. C. Kröger. Ich erwartete eine dieser typischen blassen Mittelbaugestalten, wie sie an jeder Universität Deutschlands das Betriebsklima vergiften und den Studenten das Leben sauer machen. Einmal mehr sollte ich mich täuschen. Kröger entpuppte sich als athletischer Mann Mitte dreißig mit weißblonder Kurzhaarfrisur, die einem Fremdenlegionär Ehre gemacht hätte. Die bunt gesprenkelte Intellektuellenbrille wirkte ein wenig albern in seinem kantigen Gesicht, der Händedruck war eisern, sein Aftershave sportlich dezent, das breite Grinsen herzerwärmend. Er schien kein Mann großer Umstände zu sein und kam bereits beim Hinsetzen zur Sache.

»Okay, unsere Katharina suchen Sie also. Platzen Sie sich doch einfach irgendwo hin.« Er machte eine raumgreifende Bewegung, fiel in seinen Sessel zurück und warf ein Bein über die Armlehne. Seinen pendelnden Fuß bekleidete ein Sportschuh, dem der harte Alltag der Körperertüchtigung nicht unbekannt zu sein schien.

Katharina also. Zum ersten Mal hörte ich ihren Namen, ihren wirklichen Namen.

Mit weichen Knien setzte ich mich ihm gegenüber. Er schaltete sein Grinsen zwei Stufen herunter und sah zum Fenster.

»Hab mir in der Zwischenzeit überlegt, ich werd Ihnen einfach sagen, was Sache ist. Obwohl es, wie schon erwähnt, eine … ähm … ein bisschen heikle Kiste ist.«

Krögers Fach schien eher die zeitgenössische Populärliteratur zu sein.

»Sie kriegen's am Ende ja sowieso raus. Und wenn's nun mal so wichtig ist für Sie.«

Er sprach zum offenen Fenster hinaus, und ich brauchte nur zuzuhören. Er verlangte keine Erklärungen, kein Schweigegelübde, nichts. Der Mann wurde mir immer sympathischer. Sein Büro war spartanisch-praktisch eingerichtet. Nur einige Kinderzeichnungen an den Wänden und ein Foto auf dem klassischen Behördenschreibtisch sorgten für ein wenig persönliche Atmosphäre. Alles hier war blitzsauber, nirgendwo die kleinste Staubfluse, nirgendwo lagen Dinge herum, die dort nicht hingehörten, so gut wie keine Bücher, was ich bei einem Germanisten bemerkenswert fand. Auf dem Tisch ein klotziger Computerbildschirm, darunter ein leise surrender PC.

»Kurz und knapp«, fuhr er fort. »Katharina lebt illegal in Deutschland. Und sie ist auch keine Griechin, das ist unter anderem das Problem. Sonst würde sie ja unter EU-Recht fallen, und alles wäre nicht halb so kompliziert. Sie ist um einige Ecken mit dem Mann einer unserer Doktorandinnen verwandt, und die ist nun wirklich Griechin.«

»Penelope.«

Er nickte knapp, schien sich nicht zu wundern, dass ich den Namen kannte.

»Katharina stammt aus Mazedonien. Das ist da unten ja alles nicht weit auseinander, und da scheinen grenzüberschreitende verwandtschaftliche ... ähm ... Beziehungen nichts Ungewöhnliches zu sein. Hat ja dort im Lauf der jüngeren Geschichte allerlei Grenzverschiebungen und Krawall gegeben.«

Ich nickte wie einer dieser Plastikdackel, die manche

Leute auf der Hutablage ihres Autos spazieren fahren. Zwar wusste ich nicht allzu viel von Grenzverschiebungen und Krawall in der jüngeren Geschichte, weil ich mich für Politik nicht übermäßig interessiere, aber diese Doktorandin, die kannte ich immerhin.

»Penelope hat also ihre Cousine, Quatsch, die Cousine ihres Mannes ist sie ... ähm ... sozusagen eingeschmuggelt. Vor einem halben Jahr etwa. Sie hat ihr eine kleine Wohnung besorgt und Jobs, Putzen, Haushaltshilfe, solche Sachen. Und immer dann, wenn es offiziell wird, dann reist Katharina einfach unter dem Namen Penelope Karathanos. Sie ist nicht krankenversichert, zum Beispiel.«

Ich kam aus dem Nicken gar nicht mehr heraus.

»Und was tut sie in Ihrem Haus, Herr Kröger, wenn ich fragen darf?«

Er senkte den Blick und betrachtete seine breiten, braun gebrannten Hände mit den kräftigen Nägeln.

»Tja. Das ist nun der peinliche ... ähm ... Aspekt für mich an der Sache. Sie werden mir doch hoffentlich keine Schwierigkeiten machen?«

»Ich habe nicht das geringste Interesse daran.«

Kröger schnaubte, zog die Stirn kraus. »Okay. Wir beschäftigen sie als Haushaltshilfe, dreimal die Woche einen halben Tag. Meine Frau ist ebenfalls berufstätig, Lehrerin. Wir haben zwei schulpflichtige Kinder, Jungs, ziemliche Rabauken, und da ist es gut, wenn jemand im Haus ist und ein bisschen nach dem Rechten sieht. Okay, mir ist natürlich sonnenklar, dass das ziemlich ungesetzlich ist, aber, na ja, Sie wissen vielleicht selbst, was man beim Staat so verdient und … ähm … sie ist ja auch ein armes Mädchen, die Katharina. Hat kaum Kontakte, außer zu Penelope und ihrem Mann natürlich.«

Immer noch betrachtete er angestrengt seine Finger. Er streckte sie und knickte sie wieder ein. Auf den Handrücken schimmerten weißblonde Härchen. Das Grinsen war inzwischen erloschen. Der Mann hatte allen Ernstes ein schlechtes Gewissen, weil er eine steuerfreie Haushaltshilfe beschäftigte. Wenn der wüsste, was in unseren Kreisen üblich ist. Da werden halbe Villen und ganze Pools schwarz gebaut und bar bezahlt. Ich kenne einen Architekten, der es bis heute schafft, seine Motorjacht als Firmenfahrzeug abzusetzen. Allerdings musste er kürzlich eigens für diesen Zweck eine Filiale in der Normandie gründen. Ich glaube nicht, dass sich das Projekt rechnet, aber er ist einer der vielen, die ihr Geld lieber aus dem Fenster als in den Rachen des Finanzamts werfen.

Kröger wandte den Blick zur stuckverzierten Decke.

»Sie ist ein eigenartiges Mädchen, unsere Katharina. So still. Sie kann ja auch kaum Deutsch und scheint es auch nicht lernen zu wollen. Ziemlich kontaktscheu ist sie. Nein, mehr als das. Hat wohl auch kein leichtes Leben gehabt. Manchmal haben wir gedacht, eigentlich braucht sie eine Therapie. Aber das geht natürlich nicht, aus besagten Gründen. Man kann ja nicht mit ihr reden. Nicht nur wegen der Sprache. Sie guckt einen groß an und antwortet nicht. Meine Frau hat es immer wieder versucht, man fühlt sich ja doch irgendwie auch verantwortlich. Aber man kriegt einfach nichts aus ihr heraus.«

Endlich hörte er auf mit seiner Fingergymnastik. Den schwersten Teil seines Geständnisses hatte er offenbar hinter sich. Er sah mir ins Gesicht.

»Meine Frau kann ein bisschen Griechisch und hat es sogar eigens für diesen Zweck aufpoliert. Hat sich echt bemüht, weil Katharina ihr leidtut. Aber da läuft absolut nichts. Keine Ahnung, wovor das Mädchen Angst hat, aber vor irgendwas hat sie Angst, das ist so offenkundig wie nur irgendwas. Vielleicht hat sie in irgendeinem Krieg schlimme Dinge erlebt. Vielleicht hat sie als Kind zusehen müssen, wie ihre Eltern abgeschlachtet wurden. Wir wissen es nicht. Ich weiß es nicht.«

Er machte eine lange Pause und kontrollierte akribisch die Ordnung auf seinem Schreibtisch, verschob den Aktenlocher um fünf Zentimeter nach links, legte ein Schreiben auf einen anderen Stapel und sah mir schließlich wieder ins Gesicht.

»Katharina ist ein Igelchen, hat meine Frau mal gesagt. Das trifft es vielleicht am besten. Sowie man ihr zu nah kommt, rollt sie sich ein und stellt ihre Stacheln auf. Vielleicht wird's ja mit den Jahren besser. Wenn sie sich eingewöhnt hat.«

Ich weiß nicht, warum er mir das alles erzählte. Wollte er den Eindruck erwecken, dass er die arme Frau aus reiner Menschenliebe für einen Hungerlohn für sich und die Seinen schuften ließ? Wie sehr er sich in seiner schweigsamen Haushaltshilfe täuschte, was ihren Charakter betraf, wollte ich ihm lieber nicht verraten. Der Gedanke schoss mir durch den Kopf, er könnte womöglich auch schon mit ihr geschlafen haben.

»Ich werde mich hüten, Sie in irgendwelche Schwierigkeiten zu bringen, Herr Kröger«, versicherte ich noch einmal. »Da können Sie wirklich ganz beruhigt sein. Ich möchte nur mit ihr sprechen, weiter nichts. Und es ist mir auch schnurzpiepegal, wessen Krankenkasse am Ende meine Rechnung bezahlt.«

Er schien mir zu glauben und entspannte sich. Das Grinsen erschien wieder.

»Das Einzige, worum ich Sie noch bitten möchte, ist ihre Adresse«, fuhr ich fort. »Oder wenigstens eine Telefonnummer. Dann sind Sie mich wieder los.«

Er runzelte die Stirn. »Muss ich meine Frau fragen, Sekündchen mal bitte.«

Schon hielt er den Hörer in der Hand und drückte eine Taste. Für Augenblicke fürchtete ich, alles könnte so kurz vor dem Ziel wieder in sich zusammenstürzen, wenn seine Angetraute erfuhr, wer gerade ihrem Gatten gegenübersaß. Aber es ging gut. Er schob mir einen Zettel mit einem Straßennamen und einer Hausnummer über den Tisch und quetschte meine Hand zum Abschied. Ich bedankte mich überschwänglich und nahm mir vor, nie wieder schlecht über Universitätsangestellte zu denken.

In der Tür fiel mir noch etwas ein. »Gestatten Sie mir noch zwei Fragen?«

Sein Grinsen erlosch sofort wieder.

»Haben Sie wirklich einen Hund?«

Er modellierte mit den Händen ein unsichtbares Tier von der Größe eines Zwergkaninchens.

»Herakles, ein Pekinese. Das arme Tier ist schon ziemlich alt und stocktaub.«

»Und würden Sie mir verraten, wo Sie gestern Abend waren?«

Er war so überrumpelt, dass er ohne Zögern antwortete: »Kleiner Familienausflug nach Weingarten. Mit großem Abendessen. Meine Frau hat gestern Geburtstag gehabt. Weshalb fragen Sie?«

»Nur so.« Freundlich lächelnd zog ich die Tür hinter mir zu.

Erst als ich vor der hellbraunen Tür im Freien stand, studierte ich mit angehaltenem Atem den Zettel: Katharina Karathanos, Alte Eppelheimer Straße, irgendeine ziemlich hohe Nummer. Katharina also, dachte ich, Katharina ... Fast zärtlich wiederholte ich den Namen, ich Narr. Anscheinend war ich drauf und dran, mich in die Frau zu verlieben, die mir den Schubs in den Abgrund gegeben hatte, als ich zum ersten Mal in meinem Leben einen zaghaften Blick über die Kante riskierte. Vorhin, als ich so lange im Wagen auf sie wartete, war mir ein altes Kinderlied eingefallen. Das einzige, das ich noch kenne, außer *Hänschen klein* und *Alle meine Entchen:*

Wenn sich zwei Igel küssen,
dann müssen, müssen, müssen
sie ganz, ganz fein
behutsam sein ...

6

Da ich nicht in Heidelberg aufgewachsen bin, hatte ich keinen Schimmer, wo die Alte Eppelheimer Straße liegen mochte. Kröger hätte es mir vermutlich sagen können, aber ihn zu fragen hatte ich im Überschwang der Gefühle vergessen. Auf meinen Weibchensuchinstinkt wollte ich mich nicht noch einmal verlassen, und einen Stadtplan besaß ich nicht. So blieb mir nur die Möglichkeit, einen solchen zu kaufen. Kein Problem eigentlich, aber all das brauchte so entsetzlich viel Zeit.

Vielleicht, wenn ich gleich hingefahren wäre, dann hätte ich sie noch angetroffen, ich weiß es nicht, aber es könnte doch sein, und alles wäre ganz anders gekommen. Ich wäre jetzt kein Mörder, der verzweifelt versucht, so zu tun, als wäre er in Wirklichkeit ein Einbrecher.

Warum konnte Katharina nicht in einer Straße leben, die ich kenne? Warum habe ich diesen Dr. Kröger nicht einfach gefragt?

Auch mit der Küche bin ich inzwischen fertig. Von meinem Blut auf dem Boden ist nichts mehr zu sehen. Katharina hat wirklich nicht viele Habseligkeiten besessen, die man durcheinanderbringen kann. Ihre Komplizen scheinen sie nicht verwöhnt zu haben beim Aufteilen der Beute.

Hoffentlich glaubt überhaupt irgendjemand, dass hier ein Einbrecher am Werk war, in dieser armseligen Sperrmüllbude. Aber es hilft ja nichts, ich muss es zu Ende bringen. Das Schlafzimmer habe ich vorhin schon erledigt. Dort stehen ein schmales Bett, ein wackeliges Nachtschränkchen und ein fast leerer Kleiderschrank mit zwei Türen, die nicht richtig schließen. Über dem Bett hängt ein gerahmter Druck von Maria mit dem Jesuskind, den vielleicht Katharina aufgehängt hat.

Während ich durch die Wohnung streife, wird mir klar, warum sie mich in das Haus der Krögers und nicht in ihre Wohnung gelockt hat. In dieser Ansammlung von Trödel und Gerümpel kann man beim besten Willen keine erotische Stimmung erzeugen. Alles hier strahlt so viel Sex-Appeal aus wie ein Laden für Secondhandmöbel aus der DDR. Die groß gemusterten, über die Jahrzehnte dunkel gewordenen Tapeten, hie und da helle Flecken, wo früher einmal Bilder hingen. Die Zimmerdecken an manchen Stellen eher schwarz als grau, ein Minimum an Mobiliar und alles zusammen reif für die Entsorgung. Die einzige Heizmöglichkeit scheint ein klappriger Ölofen mit einem schiefen, vor einem halben Jahrhundert zum letzten Mal gestrichenen Ofenrohr zu sein. Auf dem zerschundenen Linoleumboden liegen zwei fadenscheinige Teppiche. Ich nehme an, dass hier früher ein alter Mensch sehr lange auf seinen Tod gewartet hat. Und vermutlich waren die Erben glücklich, den Plunder so elegant loszuwerden, indem sie alles der Mieterin überließen.

Jetzt noch das Telefontischchen im Flur und dann weg, nichts wie weg. Einmal muss ich noch an ihr vorbei. Wie gut, dass ich vorhin das Kissen auf ihr Gesicht gelegt habe.

*

So ging ich also ein zweites Mal die Hauptstraße entlang, diesmal zügiger, fand eine kleine Buchhandlung unweit der Kirche, wo man jedoch leider gerade keine Stadtpläne vorrätig hatte, und nach einigem Suchen eine zweite, größere einige Hundert Meter weiter westlich. Zweimal musste ich fragen, bis ich das Gewünschte fand, und später einige Minuten hinter einer Schlange aufgekratzter Seniorinnen an der Kasse anstehen, die alle den gleichen schwedischen Krimi in Händen hielten, der, wie ich ihrem Geplapper entnahm, an diesem Tag erschienen war. All das dauerte so grausam lange.

Nachdem ich bezahlt hatte, ging ich sogar noch einmal zurück, zog ein Lexikon aus dem Regal und suchte das Stichwort *Mazedonien*. Ich hatte ja so viel Zeit, ich Idiot. Mazedonien, genauer: Makedonien, Hauptstadt Skopje, ursprünglich Teil Jugoslawiens, seit 1991 unabhängig, etwas über zwei Millionen Einwohner, ziemlich bunt gemischtes Völkchen, Slawen, Albaner und Griechen, lebten hauptsächlich von Acker- und Bergbau.

Als ich endlich den Jaguar aus dem Parkhaus steuerte, war es Viertel vor sieben. Ich fuhr die Friedrich-Ebert-Anlage hinunter, über den wie üblich verstopften Bismarckplatz. Es gab keine Ampel, die nicht mir zu Ehren auf Rot schaltete, und meine Ungeduld wuchs von Minute zu Minute. Um kurz nach sieben war ich dann doch endlich in Bergheim, fand in der Alten Eppelheimer Straße in der Nähe der richtigen Hausnummer eine Parklücke und stellte fest, dass Katharina nicht zu Hause war. Wie ich der Klingeltafel entnehmen konnte, wohnte sie im zweiten Obergeschoss des bräunlich gestrichenen Mietshauses aus der Gründerzeit, das nicht nach Wohlstand aussah. Bröckelnde Fassade, abblätternde Farbe allenthalben, moosige Regenrohre, schadhafte Rollläden.

An manchen der Klingelknöpfe war das Namensschild schon mehr als einmal überklebt, und mein Wagen passte ungefähr so gut in dieses Viertel wie ein Diamantcollier an den Hals einer alten Hure.

Viele der Nachbargebäude waren in den letzten Jahren renoviert worden. Das, vor dem ich nun ratlos stand, zählte nicht dazu. Nur der Hauseingang war neu. Ein überhaupt nicht zum Stil des Hauses passendes weißes Plastikungetüm, bei dessen Anblick man dem Hausbesitzer unwillkürlich dankbar dafür war, dass er seine Erneuerungsbemühungen nicht fortsetzte.

Nachdem ich mich eine Weile unschlüssig vor dem Haus herumgedrückt hatte, ging ich einige Schritte bis zur Ecke, überquerte die Straße und betrat ein kleines Lokal mit dem interessanten Namen *Wackelburg,* der vielleicht auf den Zustand der Gäste anspielte, wenn sie sich nach ausgiebigem Genuss der angebotenen Alkoholika auf den Heimweg machten. Neben der Tür hing ein vermutlich seit Jahrzehnten nicht mehr funktionierender blauer Kaugummiautomat.

Innen gab es lediglich vier quadratische Tische. Ich wählte einen mit Blick aufs Fenster, bestellte bei der Wirtin, die eine gewisse Ähnlichkeit mit Fernandel in den alten Don-Camillo-Filmen hatte, heiße Würstchen und hoffte, dass sie wenigstens aus einer frisch geöffneten Dose kamen.

Sie servierte mir eine Scheibe überraschend leckeres Graubrot dazu sowie ein verkrustetes Senftöpfchen und ein Bier. Es roch, wie es in solchen Kneipen immer riecht: nach dem Qualm von tausend Jahren, Hektolitern verschüttetem Bier und Pissoirsteinen. Durch das tief gezogene Bogenfenster konnte ich die Straße gut im Auge behalten. Katharina würde mir nicht entgehen, wenn sie nach Hause kam.

Die Würstchen stammten nicht aus der Dose, das Bier schmeckte gut, und mit einem Mal fühlte ich mich seltsam geborgen, erinnerte mich an mein Stammlokal in Marburg, im Erdgeschoss des Hauses, unter dessen Dach ich während meines Studiums gewohnt hatte. Dort hatte es ganz ähnlich ausgesehen und gerochen, und oft war ich auf ein Schlummerbier hinuntergegangen, spätabends, nachdem ich bis an den Rand der Erblindung für die nächste Klausur gepaukt hatte. Leider habe ich nie zu der Sorte Studenten gehört, die drei Tage vor einer Prüfung mal eben ihren Kram zusammensuchen und zwei Nächte durchbüffeln, um anschließend zuverlässig eine Eins zu schreiben.

Vielleicht fühlte ich mich aus diesem Grund auf einmal zu Hause hier, vielleicht bestellte ich deshalb völlig automatisch Bier. An einem der Nachbartische hing ein hagerer alter Mann über seinem Bierkrug und rauchte mit Andacht eine filterlose, vermutlich selbst gedrehte Zigarette. Das gestreifte Hemd, dem schon der eine oder andere Knopf fehlte, hing ihm aus der zerschlissenen Tuchhose. Hin und wieder schnaufte er asthmatisch und hustete so bedenklich, dass ich reflexartig zu überlegen begann, was ihm wohl fehlen mochte. In einer Ecke am Ende der Theke saß noch ein dritter Gast, ein auffallend großer Mann mit langer Nase in halb aufgeknöpfter Motorradmontur, und schlief. Er lümmelte auf einem Barhocker und hatte sich so zwischen Theke und einen unentwegt blinkenden Spielautomaten geklemmt, dass er nicht herunterfallen konnte. Der Automat war ein älteres Modell, dessen buntes Geblinke etwas Trübsinniges hatte. Etwa einmal pro Minute machte er traurig »pling« und hatte jede Hoffnung auf artgerechte Beschäftigung vermutlich schon vor langer Zeit aufgegeben. Musik gab es erfreulicherweise keine.

Die Wirtin bewachte ihre drei Schützlinge argwöhnisch. Sie machte den Eindruck, als könnte sie ganz alleine einen Lieferwagen anschieben oder eine übermütig gewordene Rockergang vor die Tür setzen. Später zog sie sich nach hinten zurück und beschäftigte sich, nach den Geräuschen zu schließen, in der Küche mit dem Ausbeulen alter Kochtöpfe.

Die Würstchen waren wirklich besser als befürchtet, und das Bier schmeckte mir wie seit Langem keines mehr. Mir wurde bewusst, dass ich seit Ewigkeiten kein Bier getrunken hatte. Immer nur diese dämlichen Cocktails, Sekt, Champagner und zu Hause teuren Wein von Anjas Lieblingswinzer in der Nähe von Baden-Baden. Ich weiß nicht, warum das so ist, es hat sich einfach so ergeben. Millionäre trinken vielleicht kein Bier.

Nach einer Weile beendete die Wirtin ihre Reparaturarbeiten. Endlich war es still, die Abendsonne erhellte den kleinen Raum mit warmem, freundlichem Licht, der Mann an der Theke schnarchte leise, der Alte am Nachbartisch röchelte vor sich hin, und es entstand eine Atmosphäre tiefsten Friedens. Ich lehnte mich zurück, und plötzlich überfiel mich das Gefühl, nach unvorstellbar langer Zeit endlich zur Ruhe zu kommen.

Zu diesem Zeitpunkt hatte Katharina noch etwas mehr als vier Stunden zu leben, und es war, wie ich jetzt weiß, nur eine neue Schleppstrecke meiner Achterbahn, wo es gemächlich und trügerisch ruhig wieder hinaufging, höher noch als zuvor. In den gemeinsten Abschnitt der Fahrt. In den Teil, wo die Loopings kommen.

*

Im Treppenhaus ist Lärm! Unten fällt die Haustür ins Schloss, Schritte auf der Treppe, viele Schritte, Stimmen, Gelächter.

Hastig lösche ich alle Lichter. Meine Atmung quittiert wieder einmal ihren Dienst. Hoffentlich, hoffentlich wollen die Leute nicht zu Katharina!

Ich höre einen Mann kehlig lachen, ein zweiter stimmt ein. Sie kommen näher und näher. Die Sprache, die sie sprechen, scheint kein Deutsch zu sein.

Eine Treppe noch, jetzt noch eine halbe. Eine junge Frau erzählt etwas, das überaus lustig zu sein scheint. Spricht sie Griechisch?

Jetzt sind sie vor der Tür, und ich werde zweifellos in der nächsten Sekunde tot umfallen. Aber sie gehen vorbei, weiter nach oben. Augenblicke später höre ich eine Tür klappen, knarrende Schritte über mir. Dann ist es wieder still.

Ich warte, bis mein Puls sich wieder halbwegs beruhigt und meine Atmung sich normalisiert hat. Dann schalte ich das Licht wieder ein und mache weiter. Lange wird es nun zum Glück nicht mehr dauern.

*

Mit einem Mal bemerkte ich, dass der alte Asthmatiker zu mir herüberstarrte. Ich erwiderte seinen Blick, obwohl es sonst nicht zu meinen Gewohnheiten gehört, mich mit Kneipenbekanntschaften zu unterhalten. Und darauf lief es ja wohl hinaus, so wie er guckte. Offenbar suchte er nur noch ein passendes Thema.

Nachdem er mich einige Sekunden mit dem durchsichtigen Blick des schwer Betrunkenen angestiert hatte, rülpste er dezent und sagte endlich mit schwerer Zunge: »Der Mensch denkt, Gott lenkt!«

Gibt es in dieser Welt irgendwo eine Kneipe ohne Hausphilosophen? Normalerweise pflege ich mir solche Leute mithilfe sturer Ignoranz oder, wenn das nicht reicht, durch hochmütige Blicke und leichtes Aufstellen meiner Stacheln vom Leib zu halten. Aber vielleicht, weil auch ich auf der Suche nach einem Gesprächspartner war, vielleicht auch nur, um mir die Zeit zu vertreiben - ich antwortete. Nicht eben freundlich, aber immerhin.

»Wenn Sie das sagen, dann wird er wohl lenken.«

Damit war schon alles verloren. Mühsam schnaufend drehte er sich mit dem Krug in der Hand zu mir um, wobei er fast vom Stuhl kippte, stützte den linken Arm auf die Lehne, die rechte Hand hielt immerzu sein Bier fest, als fürchtete er, jemand könnte es ihm in einem unbeobachteten Moment stehlen.

Er beugte sich vor und sagte mit wissendem Lächeln, das vermutlich Überlegenheit ausdrücken sollte:

»Ist Ihnen schon einmal die Doppeldeutigkeit dieses Satzes bewusst geworden, verehrter Herr?«

»Doppeldeutigkeit?«

»Er kann bedeuten, der Mensch denkt, *während* Gott lenkt. Er kann aber auch bedeuten: Der Mensch denkt, *dass* Gott lenkt.«

Er grinste triumphierend, zeigte zwei Reihen Raucherzähne, sichtlich über die Maßen begeistert von seiner geistreichen Erkenntnis. Ich platzierte meinen Krug genau mittig auf den Bierdeckel und antwortete erst nach Sekunden.

»Ich denke weder das eine noch das andere.«

»Sie denken nicht, dass Gott lenkt?«

»Ich glaube nicht an Gott. Schon lange nicht mehr.«

»Und wer lenkt dann, Ihrer geschätzten Meinung nach?«

»Was weiß ich. Der Mensch selbst, der Zufall ... Ja, ich denke, das meiste bestimmt der Zufall. Oder nennen Sie es Schicksal, wenn Ihnen das besser gefällt.«

Im Grunde hasse ich solche Gespräche, bei denen nichts herauskommt als das endlose Wiederkäuen halb verdauter Viertelwahrheiten. Aber vielleicht war ich wirklich froh, mich mit jemandem unterhalten zu können. Mein Kopf brauchte ein wenig Auslauf, mein Geist ein wenig Abwechslung.

*

Jetzt, fast vier Stunden später, würde ich ohne Zögern antworten: Niemand lenkt. Auf Achterbahnen wird nicht gelenkt. Man kann nur die Zähne zusammenbeißen, sich festklammern, so gut es geht, und abwarten, bis es irgendwann, irgendwo, irgendwie von allein aufhört. Alles andere ist Einbildung oder romantisches Wunschdenken.

Stopp! Um ein Haar hätte ich das Wichtigste vergessen: Als Einbrecher muss ich natürlich auch etwas stehlen!

So gehe ich ein allerletztes Mal in Katharinas Wohnzimmerchen zurück, hebe mit Grausen die graue Handtasche auf, die sie vorhin im Handgemenge verloren hat, fische ihre Geldbörse heraus, was mit den blöden Kochhandschuhen an den Händen gar nicht so leicht ist. Ein dünnes Notizbüchlein steckt noch drin, also gut. Im Schlafzimmer findet sich ein wenig Schmuck, darunter die goldenen Ohrringe, die sie vorgestern getragen hat. Sonst finde ich nichts, was das Stehlen lohnen würde.

Eine Zeile aus einem meiner Lieblingssongs von früher fällt mir ein – Janis Joplin: *Freedom is just another word for nothing left to lose.* Ja, ich habe verdammt viel zu verlieren und fühle mich in der Tat ziemlich unfrei im Moment. Wenn ich mich andererseits hier so umsehe, dann bin ich mir sicher, dass Janis unrecht hatte. Katharina hatte so wenig zu verlieren und scheint auch nicht gerade ein Leben ohne Zwänge geführt zu haben.

Auf einmal fällt es mir schwer, Katharinas bescheidene Besitztümer an mich zu nehmen. Mir ist, als würde ich sie dadurch ein zweites Mal töten. Jetzt nicht im Affekt, sondern in kalter Ruhe, mit voller Absicht.

Oben klappt eine Tür.

Wieder Schritte auf der Treppe.

Mit zwei lautlosen Sprüngen bin ich beim Lichtschalter. Gerade noch rechtzeitig. Es klopft.

Die Stimme der jungen Frau von vorhin ruft: »Katharina?«

Und wenig später noch einmal, dieses Mal lauter: »Katharina!«

Der Puls wummert gegen meine Schädeldecke. Was kann sie wollen? Katharina zu einer späten Party einladen? Sich zwei Eier oder eine Flasche Wein ausborgen? Wein gibt es in der Küche. Eine halbe Flasche billigen italienischen Weißwein habe ich im Kühlschrank gesehen.

Wieder klopft es, fester diesmal. Das Rufen wird drängender: »Katharina!?« Es folgt etwas in ihrer Sprache, was vermutlich: »Wo, zum Teufel, steckst du denn? Ich weiß doch, dass du da bist!« bedeutet.

Eine Weile ist es still. Dann wird von draußen ein Schlüssel ins Schloss geschoben. Mir bleiben vielleicht zwei Sekunden, um mir etwas einfallen zu lassen.

*

Der philosophierende Säufer rückte näher. Sein Gesichtsausdruck verriet, dass er mich schon fast dort hatte, wo er mich haben wollte. Ich meinte, auf drei Meter Abstand seinen Mundgeruch zu riechen.

»Und was ist das, Ihrer werten Meinung nach, ein Zufall?«

Nun gut, warum nicht? Es kostete nichts außer Zeit, und davon hatte ich gerade mehr, als mir lieb war. So musste ich für einige Minuten nicht über meine verzwickte Situation nachdenken.

Der Henkel meines Bierkruges zeigte jetzt exakt zum Fenster, neunzig Grad zur bisherigen Ausrichtung. Ich studierte das aufgedruckte Wappen der Brauerei, während ich zögernd antwortete.

»Komische Frage. Ein Zufall ist, nun ... Zum Beispiel: Wenn ich einen Ball irgendwo hinwerfe, dann bleibt er mal hier und mal da liegen. Oder wenn ich würfle, dann kommt mal eine Eins, mal eine Sechs. Oder die Lottozahlen. So was nenne ich Zufall.«

Jetzt grinste er spitzbübisch, innerhalb von Sekunden um viele Jahre jünger geworden. Mit Behagen nahm er einen Schluck und schien auf einmal sehr viel weniger betrunken zu sein. Er sah zur Seite, auf sein Glas, während er gefährlich langsam weitersprach.

»Wenn Sie nun aber den Ball immer wieder auf genau dieselbe Weise werfen, wenn es immer derselbe Ball ist, wenn die Luftbewegungen die gleichen sind, wenn überhaupt alles jedes Mal exakt gleich ist, warum sollte er dann immer wieder an einer anderen Stelle liegen bleiben?«

»Okay ...« Merkwürdigerweise begann sein Gedankenexperiment mir Spaß zu machen. Ich drehte den Krug gegen den Uhrzeigersinn um weitere neunzig Grad, sodass er nun in Linkshänderstellung war, lächelte vielleicht sogar ein wenig. »Wenn immer alles genau gleich ist, dann bleibt er natürlich auch immer an derselben Stelle liegen, das ist wohl logisch, oder?«

»Wo bleibt aber dann der Zufall?«

»Nun ... Er liegt ... im Beginn? Natürlich, in der Wurfbewegung.«

»Aber wenn Sie ihn einmal losgelassen haben, wollen Sie sagen, verehrter Her, dann ist alles Weitere festgelegt?«

Noch immer begriff ich nicht ganz, worauf er hinauswollte. Offenbar war dieser alte Saufkopf alles andere als dumm. Er verfolgte ein Ziel, und die Sache begann mich zu fesseln. Eine Weile sah ich aus dem Fenster. Teils, um Katharina nicht zu verpassen, teils auch, um mich besser konzentrieren zu können.

Dann nahm ich einen Schluck aus meinem Krug und sagte mutig: »Ich denke, ja. Das Ergebnis des Wurfs ist Physik, das kann man berechnen.«

»Sehr gut.« Sichtlich zufrieden mit dem Ergebnis meiner Überlegungen steckte er sich mit zittrigen Bewegungen einen neuen Glimmstängel an. Offenbar drehte er die krummen Dinger auf Vorrat und trug sie in einer versilberten Dose mit Klappdeckel mit sich herum. Sein Hemd, fiel mir erst jetzt auf, war wohl vor langer Zeit einmal nicht billig gewesen.

»Gehen wir nun einen Schritt weiter«, sagte er. »Der Zufall liegt also im Abwurf. Nehmen wir weiter an, Sie werfen den Ball nicht selbst, sondern Sie haben eine Maschine konstruiert, die einen Wurf absolut perfekt wiederholen kann. Oder Sie sind ein Künstler, der so lange trainiert hat, bis er den Ball immer genau gleich werfen kann. Wie ist es dann?«

»Dann gibt es keinen Zufall mehr, das ist logisch. Dann wäre alles jedes Mal gleich. Das ist Mathematik.«

»Der Zufall liegt somit nur in der Unfähigkeit Ihres Armes, zweimal einen Wurf auf die genau gleiche Weise auszuführen. Wenn man aber bis ins kleinste Detail wüsste, wie Sie werfen werden, dann könnte man schon im Voraus berechnen, wo der Ball liegen bleiben wird. Oder anders ausgedrückt: Wenn man die Ursachen nur gut genug kennt, dann kann man das Ergebnis mit beliebiger Präzision vorhersagen.«

Dagegen war nichts einzuwenden. Ich zuckte die Achseln, ohne das Gefühl zu haben, klüger geworden zu sein. Aber alles Bisherige war nur die Vorbereitung auf das Eigentliche gewesen, stellte ich bald fest.

»Aber nun erlauben Sie mir, bitte, noch einmal die Frage, verehrter Herr: Wo ist der Zufall dabei?«

»Es war ein blödes Beispiel, ich lasse mir ein anderes einfallen.«

Schmunzelnd dachte ich nach, wobei mein Krug einige unpräzise Schwenkbewegungen machte. Irgendwo in seiner Argumentation musste ein Denkfehler stecken, den ich aber nicht fand. Schließlich gab ich auf.

»Okay, Sie haben es geschafft. Ich bin Ihnen auf den Leim gegangen. Verraten Sie mir den Trick?«

»Welchen Trick?«

»Sie haben mir eben bewiesen, dass es keinen Zufall gibt, aber ich sehe doch jeden Tag tausendmal, dass er existiert. Ich treffe jemanden zufällig auf der Straße. Ich verlege etwas und finde es Tage später zufällig wieder …«

Jetzt war er vollkommen ernst. Und, ich schwöre, ganz und gar nüchtern. Er beugte sich noch weiter zu mir herüber und sagte so leise, als würde er mir eines der größten Geheimnisse der Menschheit anvertrauen: »Sie täuschen sich, verehrter Herr. Es ist kein Trick dabei. Es gibt keinen Zufall. Alles ist vorherbestimmt. Alles war vom ersten Augenblick des Universums an vorherbestimmt. Es übersteigt nur in unvorstellbarem Maße unsere intellektuellen Fähigkeiten, es vorauszu…«

Ein heftiger Hustenanfall machte seinem Sermon vorübergehend ein Ende. Der Kerl neben dem Spielautomaten erwachte kurz, sah irritiert um sich, schlief wieder ein.

»Vorauszuberechnen«, fuhr der alte Säufer fort, nachdem er wieder zu Atem gekommen war. »Es gelingt uns ja noch nicht einmal bei einem so trivialen Beispiel wie unserem Ball. Aber dass wir es nicht vorhersagen können, heißt nicht, dass es grundsätzlich nicht vorhersagbar wäre, nicht wahr? Vor hundert Jahren konnte man das Wetter von übermorgen bestenfalls erraten. Heute können wir es bereits mit ziemlicher Treffsicherheit berechnen. Wer kann wissen, was in hundert Jahren möglich sein wird? All das ändert allerdings nichts an unserer grundsätzlichen Erkenntnis: Alles, was geschieht, im Kleinen wie im Großen, ist nur eine endlose Folge von Ursachen und Wirkungen. Vom Beginn der Welt an folgt eine Wirkung auf eine Reihe von Ursachen und ist ihrerseits wieder Ursache neuer Wirkungen und so fort. Alles steht fest, von Anbeginn. Wir können es nur leider meist nicht erkennen.«

Er leerte entschlossen sein Glas, bestellte mit einem Wink ein neues und, nach einem fragenden Blick, ein zweites für mich.

Ich war ein wenig durcheinander. Ich bin es nicht gewohnt, mir von einer Kneipenbekanntschaft mein Weltbild in Scherben klopfen zu lassen. Aber ich konnte die Sache drehen und wenden, wie ich wollte, ich kam nicht auf den logischen Fehler in seiner Argumentation. Andererseits – wenn es wirklich keinen Zufall gab, was würde das ändern? Dinge geschahen, oder sie geschahen nicht. Ob vorherbestimmt oder einfach so – das Resultat war letztlich dasselbe.

Er beobachtete mich amüsiert. Vermutlich war ich der tausendste Kandidat für sein Experiment, und bestimmt war das Ergebnis am Ende mit schöner Regelmäßigkeit das gleiche: Freibier.

Bis die neuen Gläser kamen, schwiegen wir. Draußen war die Sonne untergegangen. Die Wirtin schaltete das Licht über der Theke ein und knallte uns wortlos die neu gefüllten Krüge vor die Nase.

Nachdem wir uns zugeprostet hatten, fuhr er fort: »Gehen wir ein wenig weiter in Ihrem Beispiel, wenn Sie erlauben. Machen wir es etwas komplizierter. Sie werfen den Ball nicht wie bisher mit Absicht immer genau gleich, sondern mal hierhin, mal dorthin. Wie würden Sie das nennen?«

»Das kann man dann natürlich beim besten Willen nicht mehr Zufall nennen.« Ich kam mir vor wie ein Schüler, der von seinem Lehrer durch geschicktes Fragen in eine bestimmte Richtung gelenkt wird, sodass er sich am Ende einbilden kann, von allein auf die Lösung der Gleichung gekommen zu sein. Aber ich war nun doch gespannt darauf, was er noch an philosophischen Zauberstückchen auf Lager hatte. »Das ist dann meine Entscheidung, wohin ich werfe«, fügte ich hinzu. »Richtig?«

»Anders ausgedrückt, Ihr Wille?« Wieder erschien dieser spitzbübische Ausdruck in seinem faltenreichen Gesicht. Seine Vorfreude ließ nichts Gutes für mein Weltbild ahnen. Mit sichtlichem Genuss ging er daran, eine weitere Kante abzuschlagen.

»Nehmen wir nun weiter an, was natürlich wieder nur ein Gedankenexperiment sein kann, nehmen wir aber dennoch an, Sie würden zweimal in Ihrem Leben in eine exakt identische Situation geraten. Sie werfen zweimal den gleichen Ball, Sie haben zuvor dasselbe gegessen, getrunken ...« Er hob das Glas, prostete mir andeutungsweise zu, ölte seine heisere Stimme mit einem kräftigen Zug. »Sie sind derselben Beschäftigung nachgegangen, alles wäre also ganz und gar gleich. Sie verstehen, was ich meine?«

Ich hatte inzwischen begonnen, auf der Tischplatte liegende Brotkrümel der Größe nach sortiert in einer Reihe antreten zu lassen. Aber ihre Disziplin war schlecht, ich musste viel korrigieren, bis ich eine halbwegs zufriedenstellende Ordnung hergestellt hatte.

»Ja, ich verstehe. Ich kann es mir aber schlecht vorstellen, ehrlich gesagt. Irgendwas wird immer anders sein, allein schon deshalb, weil ich beim zweiten Mal weiß, dass ich den Ball schon einmal geworfen habe.«

»Ach ja, der gute alte Heraklit: Man kann nicht zweimal in denselben Fluss steigen, ganz richtig. Versuchen Sie es dennoch. Alles ist exakt gleich, alle Voraussetzungen, alle Umgebungsbedingungen. Einfach alles. Was geschieht?«

»Dann werde ich den Ball vermutlich beim zweiten Mal genauso werfen wie beim ersten Mal.«

»Und eine winzige Kleinigkeit ist uns soeben verloren gegangen, bemerken Sie es?«

Ich brauchte einen Moment, um zu begreifen, dass ich ihm schon wieder auf die Leimrute gekrochen war.

»Es ist keine freie Entscheidung mehr.«

Allmählich wurde mir klar, was das Ergebnis dieses Spielchens sein würde: Der Kerl wollte mir einreden, der Mensch habe keinen freien Willen. Alle unserer Taten und Entschlüsse seien vorbestimmt. Wieder nur eine Folge seiner unendlichen Ursachen-Wirkungs-Ketten. Natürlich hatte ich davon gelesen, dass es Strömungen in der Philosophie und seit Neuestem auch in der Gehirnforschung gab, die solche Überlegungen nicht ganz abwegig fanden. Aber etwas in mir hatte sich immer geweigert, diese Vorstellung zu akzeptieren. Die Vorstellung, der Mensch könne nicht frei entscheiden, was er tun oder lassen will, widersprach allen meinen Überzeugungen und außerdem meiner Lebenserfahrung.

Ich bin Rationalist. Ich weiß, was ich will und was ich tue, und in der Regel auch, warum ich es tue. Und dieser hustende Alkoholiker schaffte es innerhalb weniger Minuten, die Basis meines Lebenskonzepts in eine empfindliche Schräglage zu bringen.

Ich fegte meine Krümel vom Tisch, schüttelte den Kopf, versuchte noch eine Weile, gegen ihn anzureden, doch er ließ mir keine Chance. Er hatte dieses Spiel wohl schon Hunderte Male mit wechselnden Partnern gespielt und kannte jeden Winkelzug, jede Ausflucht.

»Aber wenn es keinen freien Willen gibt, wie kann man dann einen Verbrecher einsperren für das, was er getan hat?«, fragte ich schließlich. »Er konnte ja nichts dafür, seine Tat war doch vorherbestimmt?«

Schon wieder dieses triumphierende Grinsen! Ich fing an, ihn dafür zu hassen. Aber jetzt hatte ich ihn, glaubte ich.

Er nickte ernst. Saugte an seiner Kippe. Trank einen Schluck Bier. »Sie haben vollkommen recht.«

Ich wurde immer konfuser. »Aber das geht doch nicht! Wo würde unsere Gesellschaft landen, wenn man so denken würde?«

»Es ist so, wie Sie sagen: Er kann nichts dafür. Wenn Sie oder ich mit den gleichen Anlagen und den identischen Erfahrungen im Kopf, mit dem gleichen Charakter in dieselbe Situation gerieten wie er, so würden wir zweifellos dasselbe tun.«

»Damit reißen Sie alles nieder, jede Schranke, jede Moral, jedes Recht! Auf dieser Basis können Menschen nicht zusammenleben.«

»Und warum nicht, bitte sehr?«

»Nun, ich könnte Ihnen jetzt zum Beispiel mit diesem Bierkrug den Schädel einschlagen und anschließend behaupten, ich hätte nicht anders gekonnt, es habe eben in mir gesteckt. In meinen Genen. Was würden Sie davon halten?«

»Warum tun Sie es nicht?«

»Wie?«

»Weshalb nehmen Sie nicht Ihren Krug und tun es? Sie sehen mich an, als hätten Sie durchaus Lust dazu.«

»Also erstens: Ich hätte nichts davon außer eine Menge Ärger. Und zweitens: Ich weiß nicht ... Ich fände es eben nicht richtig. Ich würde ja auch nicht wollen, dass Sie mir mit Ihrem Krug eins überbraten.«

»Kants kategorischer Imperativ, ja, ja.« Er nickte anerkennend, als hätte ich etwas sehr Kluges von mir gegeben. »Mit anderen Worten, es ist nicht in Ihnen angelegt, mich zu erschlagen. Zumindest jetzt, zu diesem Zeitpunkt nicht. Sie könnten es in Wirklichkeit überhaupt nicht, auch wenn Sie es sich vielleicht einbilden.«

»Ich könnte niemals einen Menschen töten«, sagte ich mit voller Überzeugung und trank zur Bekräftigung einen großen Schluck. »Unter keinen Umständen. Schließlich bin ich Arzt.«

Gut zwei Stunden später würde ich mir selbst das Gegenteil beweisen.

Er lächelte nachsichtig. »Der Eid des Hippokrates.«

Dann verstummte er und kostete seinen Triumph aus.

Aber er täuschte sich. Er hatte mich nicht überzeugt. Meinen freien Willen würde ich mir nicht nehmen lassen.

Bald war auch mein zweites Glas leer, und mir schwirrte ein wenig der Kopf. Ich drehte meinen Krug noch eine Weile sinnlos hin und her und beschloss endlich, mich aus der Affäre zu ziehen. Ich bezahlte, natürlich auch seine Zeche. Er versuchte nicht einmal, so zu tun, als hätte er nicht damit gerechnet, bedankte sich wortreich, erhob sich sogar, verbeugte sich tief mit vor der Brust zusammengelegten Händen. Seine zerknitterte und zerschundene Hose schien in besseren Tagen Teil eines dunklen Nadelstreifenanzugs gewesen zu sein.

Die Wirtin nahm mein Geld samt großzügigem Aufschlag mürrisch entgegen, aber immerhin ohne nach mir zu schlagen. Ich ging noch kurz zur Toilette, winkte meinem Gesprächspartner zu und wandte mich zur Tür. Er erwiderte meinen Gruß nicht, weil ihn gerade wieder einer seiner Hustenanfälle schüttelte. Der Mann am Tresen schlief immer noch mit offenem Mund. Nur der Spielautomat sagte zum Abschied traurig »pling«.

Als ich aufatmend ins Freie trat, war es Nacht geworden. Die Häuserwände strahlten die im Laufe des Tages gespeicherte Hitze ab. Ich überquerte die Straße, läutete zur Sicherheit noch einmal bei Katharina. Sie schien immer noch nicht zu Hause zu sein.

Ich trat zwei Schritte zurück – oben waren alle Fenster dunkel. So setzte ich mich in den Wagen, ließ die Fenster herunter und machte Musik an. Debussy natürlich. Die Straßenlampe schräg über mir hörte nicht auf zu flackern. Es roch nach heißem Asphalt und Hundekot.

In der Straße herrschte wenig Betrieb. Hin und wieder kam ein Gassi gehender Hundebesitzer vorbei oder ein eiliges Liebespärchen. Einmal eine grölende Horde angetrunkener Jugendlicher, die gefährlich dicht an meinem Jaguar vorbeistrichen, mich unfreundlich angrinsten und obszöne Gesten machten. Aber sie zogen weiter, ohne meinen Lack zu zerkratzen.

Die Uhr zeigte zwanzig nach zehn. Immer öfter musste ich gähnen. Mit einem Mal merkte ich, wie müde ich war. In der vergangenen Nacht hatte ich nur wenig Schlaf gefunden, der Tag war anstrengend gewesen, Hitze und Bier taten ein Übriges. Ich schloss die Fenster und suchte eine bequemere Sitzhaltung.

Eine gelangweilte Katze schlich vorbei, später etwas Kleines, Flinkes, das ich für eine Ratte hielt. Selten ein Auto, meist im Schritttempo, auf der längst hoffnungslos gewordenen Suche nach einer Parklücke.

Es gab keine bequeme Haltung mehr. Seufzend öffnete ich die Fenster wieder. Keinesfalls durfte ich einschlafen. Viertel vor elf. Es wurde stiller und stiller um mich herum. In den ersten Wohnungen erloschen die Lichter.

Ich schrak hoch. Kurz nach elf. Ich war doch eingenickt.

Die CD war zu Ende. Ein lautstark streitendes Paar ging vorbei, dessen Gezeter mich geweckt hatte. Der Mann, ein kugelbäuchiger Schlägertyp von beeindruckender Körpergröße, stapfte schweigend und mit gesenktem Kopf voraus. Die Frau, klein, mehr dürr als schlank und mit rötlicher Löwenmähne, trippelte zwei Schritte hinter ihm und beschimpfte ihn mit kreischender Stimme. Dazu drosch sie ihm in regelmäßigen Abständen ihre Handtasche ins Kreuz. Ihre Vorwürfe kreisten um die Behauptung, alle Kerle seien Schweine und er selbst ein ausgesucht stinkendes Exemplar. Anlass des einseitigen Disputs schien die Tatsache zu sein, dass er sich mit einer gewissen Fotze namens Vanessa etwas zu ausführlich unterhalten hatte. Wenn ihm deren Titten besser gefielen als die ihren, zeterte sie, so hätte sie rein gar nichts dagegen einzuwenden, wenn er sich künftig von dieser hirnamputierten Schlampe aushalten ließe statt von ihr. Schließlich versuchte sie auch noch, ihrem untreuen Partner im Gehen in den Hintern zu treten, was jedoch aufgrund der unterschiedlichen Körpergrößen und ihres Alkoholpegels kläglich misslang. Ergebnis war, dass sie wimmernd auf dem Rücken lag. Der Mann ging noch einige Schritte weiter, machte dann kehrt, packte sie ruhig unter den Schultern, stellte sie auf die Beine wie eine Schaufensterpuppe und legte den rechten Arm um sie. Gemeinsam, sie eng an ihn geschmiegt, zogen sie weiter. Er hatte die ganze Zeit kein einziges Wort gesagt.

Ich rieb mir die Augen und hoffte, Katharina nicht verpasst zu haben. Ein Blick nach oben: Ihre Wohnung war immer noch dunkel. Oder schon wieder?

Jemand trat ans Fahrerfenster und beugte sich zu mir herunter, ich erschrak. Aber es war nur der Philosoph von vorhin. Er hob den Zeigefinger und lallte: »Nicht vergessen: Alles schon bekannt, nur leider nicht hier drin!«

Er tippte an seine Schläfe und humpelte in gefährlicher Schräglage davon. Besorgt sah ich ihm nach, doch er fiel nicht. Schließlich verschwand er in einem Hauseingang, und ich war wieder allein. Ich hätte ihn nach seinem Beruf fragen sollen. Vermutlich war er ein verkrachter Schriftsteller oder ein dem Alkohol verfallener Professor.

Es war 23:37 Uhr, als Katharina endlich in meinem Rückspiegel auftauchte. Ich erkannte sie sofort, schon als sie weit hinten um die Ecke bog, an ihrem Gang, ihren sparsamen Bewegungen. Die Handtasche trug sie unter den Oberarm geklemmt und hielt sie zudem mit beiden Händen fest, als hätte sie Angst vor einem Überfall. Gekleidet war sie wie am Tag zuvor, den Blick hielt sie gesenkt, wie üblich.

Mein Puls begann zu stolpern, und in mir brach ein verwirrender Sturm widersprüchlicher Gefühle los. Einerseits freute ich mich, sie zu sehen, und gleichzeitig stieg eine eiskalte Wut in mir hoch. Vermutlich hatte sie wieder einen Kollegen aufs Kreuz gelegt, nein, sich von ihm aufs Kreuz legen lassen, während ihre Komplizen Wachsabdrücke von seinen Schlüsseln machten. Obwohl kaum anzunehmen war, dass es in der Stadt noch mehr solche hormongesteuerten Vollidioten gab wie mich. Andererseits, nein, Katharina sah wirklich nicht aus wie eine Professionelle. Sollte gerade das ihr Trick sein?

Zitternd vor Aufregung stieg ich aus und traf an der Haustür mit ihr zusammen. Sie war schon dabei aufzuschließen, hatte mich nicht kommen hören, schrak heftig zusammen, fuhr herum und – lächelte.

Ja, verdammt. Sie schien sich tatsächlich zu freuen, mich wiederzusehen.

7

Viel ist mir nicht eingefallen vorhin. Nach einer Schrecksekunde habe ich mich in meiner Verzweiflung einfach von innen gegen die Tür gestemmt. Die Nachbarin versuchte sie aufzudrücken, einmal, zweimal, aber ich war zum Glück stärker als sie. Verwundert murmelte sie vor sich hin, schloss nach kurzem Zögern wieder ab und ging zurück nach oben. Dann fiel die Tür ein Stockwerk höher erneut ins Schloss.

Ich höre ihre leichten Schritte, rutsche stöhnend an der Tür herunter, sitze schwer atmend und am ganzen Leib zitternd auf dem blanken, unebenen Dielenboden. Aber nicht lange. Sollte sie Verdacht geschöpft haben, dann wird in wenigen Minuten die Polizei hier sein. Ich raffe mich auf, stecke Katharinas Portemonnaie und die anderen Dinge ein, die ich ihr »gestohlen« habe, werfe diese unförmigen, inzwischen schweißfeuchten Handschuhe in die Küche, öffne die Wohnungstür mit einem Papiertaschentuch in der Hand, trete hinaus, ziehe sie leise, leise zu. Ich warte, bis meine Augen sich an die Dunkelheit gewöhnt haben, und trete sie ein, wie ich es mir vorgenommen habe.

Es geht ganz leicht, dieses Haus ist wirklich eine Bruchbude. Die Tür knallt auf, fliegt gegen die Wand und scheppert zurück in den Rahmen, das Schloss fängt sie jedoch nicht mehr, so bleibt sie, immer noch vibrierend, halb offen stehen.

Ich fliehe die Treppe hinunter, zur Tür hinaus, in den Wagen. Atemlos sehe ich nach oben. Nirgendwo geht Licht an. Nirgendwo wird ein Fenster geöffnet. Vielleicht ist man es hier gewohnt, dass hin und wieder jemand nachts seine Wohnungstür aufbricht.

*

Katharina lächelte mich an und sagte etwas in ihrer unverständlichen Sprache, was überhaupt nicht abwehrend oder gar böse klang. Ich war verwirrter denn je und spürte mit einem Mal den heftigen Drang, sie zu umarmen. Sie fragte mich etwas Freundliches, deutete nach oben. Ich geriet immer mehr aus der Fassung, nickte benommen, folgte ihr wortlos die ausgetretenen Treppen hinauf und kam erst wieder zur Besinnung, als schon die Wohnungstür zu war und sie Anstalten machte, mir um den Hals zu fallen. Da wehrte ich sie ab, sie zuckte zurück, und ihr Lächeln verschwand wie ... wie der Kopf eines Igels bei Gefahr.

Plötzlich war ich wieder wütend. Was blieb mir denn anderes übrig, als wütend zu sein? Sonst hätte ich mich mit Sicherheit in ihre Arme geworfen, erneut den Verstand verloren, alle meine Vorsätze fahren lassen.

So packte ich sie mit beiden Händen an den Schultern, hielt sie damit zugleich fest und auf Abstand und sagte sehr langsam, damit sie mich verstehen konnte: »Hör zu, Katharina, du musst mir sagen, wer dich zu mir geschickt hat!«

Sie starrte mich nur ratlos an.

Ich schüttelte sie, ganz leicht nur.

»Ich muss mit den Leuten reden. Ich will nur mit ihnen reden, verstehst du? Ich möchte ihnen ein Geschäft vorschlagen, verstehst du mich, Katharina? Ich möchte nicht die Polizei hinzuziehen müssen.«

Das Wort »Polizei« hatte sie verstanden. Da wurden ihre Augen groß, ihr Ausdruck panisch, sie riss sich los, stolperte ein paar Schritte rückwärts, ins Wohnzimmer, legte die rechte Hand an die Brust, streckte die linke abwehrend von sich. Mit erstickter Stimme stammelte sie: »Nein Polizei! Bitthä! Nein Polizei!«

Ich folgte ihr mit Abstand, um ihre Angst nicht noch zu vergrößern, blieb in der Tür stehen, tastete nach dem Lichtschalter. Es wurde hell, und ich suchte nach Worten. Ich musste Geduld mit ihr haben, hob die Hände auf Schulterhöhe.

»Also gut, keine Polizei. Keine Polizei. Aber dann musst du mir sagen, wer dich zu mir geschickt hat, Katharina. Bitte!«

Sie starrte weiter und rührte sich nicht mehr. Vielleicht überlegte sie, wie sie sich verhalten sollte, wen sie zu Hilfe rufen könnte. Vielleicht versuchte sie auch nur zu begreifen, was ich von ihr wollte.

»Du musst es mir sagen, hörst du? Das ist sehr, sehr wichtig für mich. Wer hat dich zu mir geschickt?« Ich deutete mit dem Zeigefinger erst auf sie, dann auf mich und wiederholte, ganz langsam, Buchstabe für Buchstabe: »Wer hat dich geschickt?«

Nun endlich schien sie zu verstehen. Sie senkte den Blick, schüttelte traurig den Kopf.

»Nicht sagen.«

Ich kann mich noch erinnern, wie ich auf sie zuging, sie wieder an den Schultern packte, schüttelte, ein wenig kräftiger jetzt, auf sie einredete, dabei lauter und lauter wurde, wie sie in zunehmender Panik den Kopf schüttelte, verstockt wie ein bockiges Kind, und versuchte, sich loszumachen, im Rückwärtsgehen stolperte, fiel, plötzlich schrie und schrie und ... Bis ich auf ihrer Leiche sitzend und mit einem Kissen in den Händen wieder zu mir kam.

*

Der Zwölfzylinder springt willig und nahezu geräuschlos an, ich kurve aus der Parklücke, und nach den ersten Metern wird mir bewusst, dass ich nicht weiterweiß. Bis eben hat mich mein Plan mit dem vorgetäuschten Einbruch am Funktionieren gehalten, aber nun ist dieser Ariadnefaden, an dem ich mich durch meine Finsternis gehangelt habe, zu Ende, und ich weiß den nächsten Schritt nicht. Wenn ich nicht bald einen Menschen finde, mit dem ich sprechen kann, dann breche ich zusammen. Sollte mich jetzt eine Polizeistreife aufhalten wegen irgendwas, die Beamten hätten Gesprächsstoff für Wochen: Ungefragt würde ich ihnen einen Mord gestehen, von dem außer mir noch kein Mensch weiß, und sie würden den redefreudigsten Mörder der Geschichte vor sich haben.

Katharina ist tot, und mein Giftschrank ist so leer wie zuvor. Meine letzte Möglichkeit, das Unglück abzuwenden, ist dahin, und die bevorstehende Katastrophe noch um vieles größer geworden. Es ist, als läge plötzlich ein Fluch auf mir, als hätte der Teufel persönlich mich zu seinem Lieblingsspielzeug erkoren. Nein, ich kann nicht mehr. Und ich will auch nicht mehr. Ich werde jetzt nach Hause fahren und mit Anja sprechen. Vielleicht wirft sie mich hinaus, vielleicht wird sie mich anzeigen, vielleicht hilft sie mir auch. Zumindest wird ihr dieses eine, einzige Mal ihr ironisches Lächeln vergehen.

Ich kann es nicht ändern.

Ich kann nicht mehr.

Meine Gedanken ziehen vorbei wie die Lichter der großen, leeren Straße, die ich entlangfahre. Gott sei Dank brauche ich nicht zu überlegen, wie ich nach Hause komme. Schon nach wenigen Metern bin ich auf einer bekannten Strecke und fahre auf meinem gewohnten Heimweg, die Mittermaierstraße nach Norden, links die Kirche, deren Namen ich mir nie merken kann, über die Neckarbrücke. Ich biege rechts ab und nehme die nördliche Uferstraße. Die Lichter der Stadt spiegeln sich auf der so trügerisch ruhigen Wasseroberfläche. Klotzige dunkle Villen träumen im Nachtschlaf. Platanen recken ihre Äste in den schwarzen Himmel in der unerschütterlichen Gewissheit, dass das Licht auch morgen früh wiederkommen wird, wie jeden Tag. Dass auch diese Dunkelheit nicht ewig währen wird.

Der Jaguar findet ganz von selbst zu seiner Garage zurück. Mein Gehirn arbeitet ungefähr so wie meine Verdauung: Ohne mein Zutun rumort es vor sich hin, befördert alles Mögliche von hier nach dort, und am Ende kommt vermutlich in beiden Fällen das Gleiche heraus. Ich lasse es rumoren. Es ist mir gleichgültig.

Nichts ist jetzt mehr wichtig.

Ich kann nicht mehr.

Die absonderlichsten Dinge gehen mir durch den Kopf.

Plötzlich die Wellenreiter, damals auf Hawaii. Unser letzter gemeinsamer Urlaub, vor Jahren schon. Ein Tag auf Maui. Anja hatte damals gerade mit dem Windsurfen angefangen, und die Wellen von Maui muss jeder Surfer, der etwas auf sich hält, einmal im Leben wenn schon nicht bezwungen, so doch wenigstens gesehen haben. Wir saßen im Sand, aßen Hotdogs, tranken Cola mit Unmengen zerstoßenem Eis, der Wind orgelte uns um die Ohren, und wir beobachteten Stunde um Stunde die lebensmüden Surfer dort draußen. Zwischen, über und auch unter diesen aberwitzigen, haushohen Brechern.

Damals kam mir der Gedanke: So wie das, was die Jungs und wenigen Mädels dort draußen treiben, so ist unser Leben. Solange du oben bist, sicher auf deinem Brett stehst, gibt es nichts Schöneres auf der Welt. Du gleitest dahin, in dieser strahlenden Sonne, auf diesem klaren, unverschämt blauen Wasser, blendende Gischt umschäumt deine Füße. Du bist der Liebling der Götter und bildest dir ein, alles im Griff zu haben, obwohl doch nur diese ungeheure Wasserwand dich vor sich hertreibt. Alles ist so leicht und sorgenfrei. Aber wehe, du machst eine einzige, eine winzige falsche Bewegung. Ein Augenblick der Unaufmerksamkeit, ein Zögern im falschen Moment, und du bist hin. Das Wasser ist nicht mehr blau und gleißend, sondern schwarz und brutal. Die Sonne gibt es für dich nicht mehr, um dich ist nichts als blanke Gewalt, und du wirst niemals wieder nach oben kommen. Nur die Wasseroberfläche, nur die Dicke einer Atomschicht, hat dich von dieser eiskalten Hölle getrennt, und nun bist du unten, und es ist aus mit dir.

Ich bin jetzt unten, und die Brandung haut mir das Brett um die Ohren.

Auf einmal weiß ich wieder, warum ich Katharina getötet habe. Sie ist gestolpert und hingefallen und begann zu schreien, lauter und immer lauter, und das durfte sie doch nicht. Erst versuchte ich noch, ihr den Mund zuzuhalten, wollte sie beruhigen, alles erklären. Aber sie hatte plötzlich solche Angst vor mir und eine so ungeheure Kraft, die ich bändigen musste. Je mehr ich versuchte, sie zu besänftigen, desto wilder wurde ihre Gegenwehr.

Und dann war da dieses Kissen.

Und dann war endlich Ruhe.

Vermutlich hat sie überhaupt nicht verstanden, was ich von ihr wollte. Sie hat nur gemerkt, dass ich böse auf sie war, und nicht begreifen können, weshalb.

Dabei hatte sie sich doch so offensichtlich gefreut, mich zu sehen.

Ein Gedanke zuckt mir durch den Kopf, ein heißer Stich durchfährt mich: Ob sie mich auch geliebt hat? Ob Penelope vielleicht doch die Wahrheit gesagt hat?

Ja, bin ich denn blöde? Geliebt? Und weshalb »auch«? Ich habe wirklich den Verstand verloren. Kann man den Umstand, miteinander zu vögeln, besser: vögeln zu wollen, als Liebe bezeichnen? Aber was heißt das schon, Liebe? Ein vorübergehendes Ungleichgewicht der Körperchemie, Hormone, Endorphine, ein verschwenderischer Überschuss an Neurotransmittern, mit dem einen, dem einzigen, dem uralten Ziel: Nachkommen zu zeugen, viele. Unsere Gene wollen vervielfältigt werden. Das ist alles. Darum geht es.

Könnte man die Stoffe synthetisch herstellen, die uns der Organismus in diesen Momenten zur Anregung und anschließenden Belohnung spendiert, dann wäre Liebe sehr teuer und würde unter das Betäubungsmittelgesetz fallen.

Letztlich geht es immer nur ums Überleben und um die Erhaltung der Art. Alles, was wir auf dieser Erde treiben, dient nichts anderem als einem gigantischen Wettkampf geistloser Eiweißketten um die Weltherrschaft.

Richtig, daran habe ich noch überhaupt nicht gedacht: Schwanger hätte Katharina auch noch werden können bei dem ganzen Schlamassel. Aber zumindest in diesem Punkt besteht nun keine Gefahr mehr.

Es ist zum Lachen. Wenn alles nicht so entsetzlich

wäre, wäre es zum Lachen: Ich sitze hier im Wagen und überlege, ob die Frau mich geliebt hat, die mir so unglaublich gekonnt und nachhaltig den Boden unter den Füßen weggerissen hat. Offenbar fange ich nun wirklich an durchzudrehen.

Ich brauche dringend einen Menschen, mit dem ich sprechen kann. Und außer Anja fällt mir immer noch niemand ein.

Ich hätte diese Tür nicht eintreten sollen. Das war eine vollkommen bescheuerte Idee. Kein Einbrecher der Welt tritt in einem bewohnten Haus eine Tür ein. Aufbrechen, das wäre glaubwürdiger gewesen. Mit einem Schraubenzieher vielleicht, einem Dietrich, was weiß ich. Aber man kann einfach nicht an alles denken in einer solchen Situation. Und wo, zum Teufel, sollte ich einen Schraubenzieher hernehmen? Irgendwo in diesem Auto gibt es vermutlich Werkzeug. Ich habe nur leider nicht den leisesten Schimmer, wo.

Inzwischen bin ich schon in Neuenheim. Eben hat mein Jaguar, wie es sich gehört, an einer roten Ampel gehalten, obwohl weit und breit kein anderer Verkehrsteilnehmer in Sicht war. Jetzt fährt er wieder, biegt bald rechts ab, nachdem er erneut brav geblinkt hat. Alles funktioniert ganz vorschriftsmäßig, er biegt in dieses Sträßchen, das sich schmäler und schmäler werdend den Heiligenberg hinaufwindet. Und ich werde nicht wirklich verrückt, mein Herz bleibt nicht stehen vor Hoffnungslosigkeit, die Atmung versagt nicht vor Verzweiflung. Die Körperchemie blubbert und gärt unbeeindruckt vor sich hin, diese zuverlässigen Versorgungsbetriebe da unten tun ihre Arbeit wie seit Jahrmillionen. Was kümmern sie die Befindlichkeiten der Psyche, dieses letzten Schreis der Evolution? Eine kleine Irritation der Großhirnrinde, eine leichte Reizung des limbischen Systems, eine vorübergehende Aufregung dieser neumodischen Einrichtungen dort oben. Die Verdauung verarbeitet Würstchen, Brot und Bier, das Kleinhirn fährt Auto, und das Großhirn macht aus purer Langeweile kleine Spielchen und Kunststücke. Man kennt das, es gibt sich wieder. Der Organismus, diese unbegreiflich komplexe und komplizierte Zellkultur, muss überleben und sich vervielfältigen, nur darum geht es. Er folgt seinem einzigen, vor Ewigkeiten einprogrammierten Ziel: sich selbst und die Art zu erhalten. Das ist das Geheimnis des Lebens. Alles andere ist Schwachsinn.

Der Jaguar ist langsamer geworden, jetzt schwenkt er nach links, das Garagentor schwingt ganz automatisch auf. Er bleibt stehen.

Ich stelle den Motor ab.

Ich bin angekommen.

Ich bin zu Hause.

Das Loslassen des Lenkrads fällt mir schwer. Das Öffnen der Tür, das Aussteigen. Aber es hilft nichts. Jetzt muss ich es hinter mich bringen. Seltsamerweise fürchte ich mich vor dem Gespräch mit Anja mehr, viel mehr als vor allem, was danach kommen wird – Polizei, Gericht, Gefängnis. Anjas Reaktion kann ich mir vorstellen, alles Weitere ist abstrakt. Und schlimmer kann es dann ohnehin nicht mehr werden.

Erst wird sie weinen, dann schreien, sich die Haare raufen, und am Ende wird sie mir Vorwürfe machen. Endlose Vorwürfe. Und entsetzliches Mitleid wird sie haben mit sich. Nur mit sich. Ich hasse solche Szenen. Ich mag Menschen, die sich unter Kontrolle haben, andere nicht mit ihren Emotionen behelligen.

Auf einmal wird mir bewusst, dass ich mich idiotischerweise am meisten vor dem Geständnis fürchte, mich mit einer Putzfrau eingelassen zu haben. Weit unter meinem Niveau. Andererseits, vielleicht kann Anja meinen Betrug leichter ertragen, wenn sie in Katharina keine ebenbürtige Konkurrentin zu sehen braucht.

Ich muss einige Steinstufen hinaufsteigen, um zum Haus zu gelangen. Die kleinen Lämpchen links und rechts der Stufen und das Licht über der Tür gehen automatisch an. Ich schaffe es, den Schlüssel ins Schloss zu schieben, schaffe es sogar, an der nervös blinkenden Alarmanlage den richtigen Code einzutippen.

Innen brennt kein Licht, Anja schläft also schon. Ich durchquere die Eingangshalle und betrete den Saal, den wir unser Wohnzimmer nennen. Noch bringe ich es nicht über mich, Anja zu wecken. Erst noch einen Whisky.

Ich schalte nur einen kleinen Teil unserer verschwenderischen Beleuchtungsmaschinerie ein, schenke mir einen üppigen Glenmorangie ein, Jahrgang 1964, und lasse mich auf eines dieser italienischen Designersofas aus weißem Was-weiß-ich-für-Leder fallen. Vermutlich nennt man diese Dinger nicht einmal Sofas, weil es nicht vornehm genug klingt.

Unser Haus repräsentiert das, was vor fünfzig Jahren bauhausverwirrte Architekten als modern ansahen. Ein monströs breites Flachdachgebäude, dessen Vorderfront fast vollständig verglast ist, mit einem mächtigen, aus schwarzem Granit gemauerten Kamin. Viel zu groß für zwei Personen, viel zu kalt, um Gefühle wie Gemütlichkeit oder gar Geborgenheit aufkommen zu lassen.

Plötzlich hasse ich diesen ganzen Krempel. Plötzlich ist mir all das so fremd, dieser sinnlose Luxus, diese lästige Weitläufigkeit. Nein, ich bin hier nicht wirklich zu Hause. Dies ist immer noch Onkel Gregors Haus. Oder Anjas. Es ist ein Haus für Mitglieder dieser überreizten Jetset-Schicht, zu der ich nie gehören werde. Ich bin hier bestenfalls zu Gast.

Dabei haben wir alles gemeinsam beschlossen, bei jedem Teil der Einrichtung hat Anja mich um meine Meinung gefragt, und ich war immer einverstanden. Und dennoch habe ich das Gefühl, ein Raum, den ich für mich einrichten würde, sähe ganz anders aus. Manchmal, in schwachen Momenten, wenn mir alles über den Kopf zu wachsen droht, habe ich die Vorstellung, es würde ein weitgehend kahler Raum sein. In reinem, ungebrochenem Weiß gestrichen, mit ganz wenigen Bildern an den Wänden, Bildern, die mir gefallen. Drucke von Nolde, Beckmann, Kirchner, Münter, Munch. Dazu eine Matratze am Boden, auf einigen Backsteinen ein Brett mit meinen Lieblingsbüchern darauf. Ein paar grüne Pflanzen, vielleicht noch eine kleine Stereoanlage, wie ich sie im Kaufhaus gesehen habe, meine Lieblings-CDs. Mehr brauche ich nicht. Durch die Fenster scheint in meinen Träumen selbstverständlich immer die Sonne auf den hellen Dielenboden. Außer nachts natürlich.

Ich schrecke hoch.

In der Tür steht Anja.

Sie ist ein wenig zerknautscht, hat wohl schon fest geschlafen, und sieht mich beunruhigt an.

»Was ist los, Berni? Wo kommst du denn her, so spät? Und wie du aussiehst!«

Sie nennt mich Berni, was ich hasse, und spricht es außerdem englisch aus: Börnie, was ich noch mehr hasse.

»Setz dich zu mir. Bitte.«

Meine Stimme ist rau, ich habe lange nicht mehr gesprochen, und mein Hals ist trocken, trotz des Whiskys.

Zögernd tritt sie näher. Sie trägt eines ihrer neckisch kurzen und schweinisch teuren Seidennachthemdchen, ist barfuß und sieht immer noch, auch mit fast vierzig, süß aus. Ein zierliches, temperamentvolles Persönchen mit kinnlang geschnittener pechschwarzer Wuschelfrisur und einem Stupsnäschen, dem nur noch ein paar Sommersprossen fehlen. Vorsichtig, das ganze Gesicht ein einziges Fragezeichen, tapst sie zu mir herüber und setzt sich auf die gegenüberstehende Couch, zieht die Beine hoch, schlingt die Arme um die Unterschenkel, legt das Kinn auf die Knie, ihr ist kalt. Obwohl sie einen Slip trägt, bietet sie in dieser Haltung einen Anblick, der so ziemlich jeden Mann dieser Welt außer mir in funkensprühende Raserei versetzen würde.

Sie starrt mich aus ihren dunkelgrünen Augen erwartungsvoll an. Sie spürt, dass etwas nicht stimmt.

»Was ist?«

Ich hole Luft, mache sinnlose Gesten, schüttle den Kopf. Wo soll ich anfangen? Wie kann man so etwas erzählen?

Plötzlich geht es ganz einfach. Sie gibt den Anstoß, versucht zu scherzen. »Ah, ich weiß: Ich wette, du hast jemanden umgebracht.«

Ihr Lachen klingt so lustig, wie wenn jemand ein Tablett voll teurer Gläser fallen lässt.

»Ja«, sage ich heiser.

Sie reagiert vollkommen anders, als ich es mir vorgestellt habe. Sie ist ganz still, öffnet mehrfach den Mund, um etwas zu sagen, schließt ihn jedes Mal wieder. Ich höre ihre lautlosen Fragen:

»Du machst Witze, ja?«

»Wen?«

»Aber warum denn, um Gottes willen?«

»Wie konntest du nur?«

Jetzt müsste als Nächstes kommen: »Wie konntest du mir das antun?«, und anschließend ein Wein- oder Schreikrampf.

Stattdessen sagt sie fast unhörbar leise: »Erzähl.«

»Eine ... eine Frau. Du kennst sie nicht ... Ich kenne sie eigentlich auch nicht ... Und ... Ich habe dich betrogen mit ihr und ...«

Sie schlägt die Hände vor den Mund, starrt mich an, bleibt aber weiterhin ganz ruhig.

Es läuft tatsächlich völlig anders ab, als ich erwartet

habe. Sie dreht überhaupt nicht durch, sondern hört mir zu, fragt hin und wieder nach, selten, ist in einem Grade aufmerksam, wie ich es noch nie an ihr erlebt habe. Und die ganze Zeit über ist sie vollkommen gefasst, in einem Maße beherrscht, dass ich mich endlich fallen lasse, mir alles von der Seele rede und schließlich heule wie ein Schuljunge, der die gläserne Tür zur Turnhalle zerschlagen und sich so lange nicht getraut hat, es zuzugeben.

Keine Rede von Scheidung, kein Wort über meinen Seitensprung. Dieser Punkt scheint sie plötzlich überhaupt nicht mehr zu interessieren, darüber geht sie kommentarlos hinweg.

Und sie hat natürlich recht, das ist unser kleinstes Problem im Augenblick. Später wird es vermutlich noch irgendwann zur Sprache kommen.

Am Ende, da ist es schon halb drei, macht Anja einen vernünftigen Vorschlag: Wir müssen so tun, als wäre alles wie immer. Sie findet gut, was ich getan habe: nach dem Mord, den sie von Anfang an richtigerweise Totschlag nennt, einen Einbruch vorzutäuschen. Und jetzt müssen wir so tun, als wäre alles in Ordnung. Sonst haben wir keine Chance.

Und es ist wahr, sie sagt vom ersten Moment an und immer wieder: »wir«. Allmählich erkenne ich: Sie hält zu mir. Sie lässt mich nicht fallen, verstößt mich nicht, verachtet mich nicht. Am Ende fragt sie noch nach einigen Details wegen des Einbruchs. Und sie verliert keinen Augenblick die Nerven und macht mir nicht die geringsten Vorwürfe.

Ich kenne meine Frau nicht mehr. Aber, was Wunder, ich kenne mich ja selbst nicht mehr.

Sie holt Verbandszeug, versorgt den lächerlichen Schnitt am Handgelenk. Stellt dabei fest, dass ich noch ein paar andere Schrammen habe, die mir Katharina im Kampf zugefügt haben muss. An den Händen, an den Armen und eine am Hals. Sie verarztet auch diese, soweit nötig, ein wenig Jod, ein paar Pflaster, mehr ist es nicht. Wenn ich wie üblich langärmlige Hemden trage, wird kein Mensch etwas davon bemerken.

So werde ich also morgen früh zur Praxis fahren, so tun, als wäre nichts geschehen, und, falls man mich fragen sollte, alles, alles, alles abstreiten. Wir haben beschlossen: Ich bin bei Katharina gewesen, das lässt sich nicht leugnen, habe jedoch nur kurz mit ihr gesprochen, versucht, sie erneut zu verführen, aber sie wollte nicht. So bin ich bald unverrichteter Dinge wieder abgezogen und lange vor Mitternacht zu Hause gewesen.

Soll mir erst mal jemand das Gegenteil beweisen.

Ich schlafe überraschend gut in dieser Nacht.

8

Am nächsten Morgen nötigt Anja mir ein Frühstück auf. Über die vergangene Nacht verliert sie kein Wort. Normalerweise steht sie frühestens gegen zehn auf, aber heute leistet sie mir am Tisch Gesellschaft, trinkt ihren geliebten Café au Lait. Wir sprechen fast nichts, aber ihre Anwesenheit und Fürsorge tun mir unendlich gut.

In die Stadt nehme ich nicht die Strecke, die ich in der Nacht gewählt habe, sondern die Ostroute über die Theodor-Heuss-Brücke, die ich sonst wegen der Staugefahr am Bismarckplatz meide. Während der Fahrt betrachte ich die Umgebung, als sähe ich sie zum ersten Mal. Wie selbstverständlich scheint die Sonne, obwohl der Himmel nicht mehr so klar ist wie in den letzten Tagen. Wieder ist es schon am Morgen zu warm. Überraschend viele Menschen sind um diese Uhrzeit bereits unterwegs, stehen müde und schon vom Aufstehen erschöpft an der Straßenbahnhaltestelle. Schulkinder sind nicht in Sicht, es sind wohl noch Ferien. Die Göttin der Ampeln scheint heute auf meiner Seite zu sein, fast überall habe ich Grün.

Es herrscht wenig Verkehr, viele sind jetzt, Anfang

September, im Urlaub. Als ich Neuenheim hinter mir lasse und den Neckar überquere, glitzert und gleißt das Wasser, als wüsste es nicht, wohin mit seiner Lebensfreude. Das Schloss liegt über der Stadt und sieht dem Treiben teilnahmslos zu. Es ist zu alt, um noch irgendwelche Gefühle zu empfinden.

Selbst am Bismarckplatz muss ich nur einmal kurz halten, um eine der vorsintflutlichen quietschenden Straßenbahnen vorbeizulassen. In der Rohrbachstraße beginnt das Altbauviertel der Weststadt. Mein Puls beschleunigt sich, je mehr ich mich der Praxis nähere. Bei Winnis Apotheke an der Ecke zur Dantestraße bekomme ich Atemnot, biege in die Häusserstraße ein. Mehr tot als lebendig stelle ich den Jaguar auf dem für mich reservierten Parkplatz hinter dem Haus ab.

Ich muss mich zusammennehmen, hämmert es in meinem Kopf. Alles ist in bester Ordnung, sage ich mir wieder und wieder, während ich die breiten Treppen mit dem üppig verschnörkelten Geländer hinaufsteige. Ich nehme mir vor, die Mädels genauso wie immer zu begrüßen, nicht zu leutselig, aber auch nicht zu muffelig. Und anschließend endlich die Polizei anzurufen. Der Einbruch lässt sich nicht länger verheimlichen, da muss ich durch. Alles andere wird sich finden, irgendwie. Ich darf nur die Kontrolle nicht verlieren. Keine Sekunde darf ich vergessen, meine Rolle zu spielen. Es wird klappen. Es muss einfach klappen.

Anja hat ja so recht. Wie gut, dass ich sie habe. Was für ein Segen, dass sie einen klaren Kopf behalten, dass sie an meiner Stelle gedacht hat in den letzten Stunden.

So versuche ich ein halbwegs optimistisches Lächeln in mein Gesicht zu zwingen, öffne mit Schwung die Praxistür, und alles kommt wieder einmal vollkommen anders.

Meine Assistentinnen stehen totenblass und schweigend im Raum, starren mir entgegen, und um sie herum sieht es aus wie ... ich weiß nicht ... in der Hölle, wenn man sie in eine moderne Arztpraxis verlegen würde. Alles Mögliche liegt am Boden, die Bilder sind von den Wänden gerissen und zerschlagen. PC-Monitore liegen zertrümmert herum, jede Menge Papier überall. Und an der Wand hinter dem Tresen steht, offenbar mit einer Spraydose geschrieben, in riesengroßen, blutroten Buchstaben nur ein Wort.

Das Wort.

Mein Wort:

MÖRDER

Es hört nicht auf, nein, es hört einfach nicht auf. Ich sitze in dieser rasenden Achterbahn, und ungeheure Kräfte schlagen mich völlig unvorhersehbar von einer Ecke meines Wägelchens in die andere. Ich kann nur die Augen zukneifen, mich festhalten, so gut es geht, und warten. Warten, bis es irgendwann aufhört. Aber es hört nicht auf. Ich werde zweifellos wahnsinnig.

Dieses Mal gibt es kein Gekreische. Die Mädchen denken für mich, hängen ein provisorisches Schild an die Tür, ich weiß nicht, mit welcher Begründung. Bettina telefoniert schon mit der Polizei. Ich sitze auf einem Hocker an der Wand, habe keinen Schimmer, wie ich dort hingekommen bin, und fürchte, dass heute die Mädels zur Abwechslung mich zur Toilette schleppen müssen. In wenigen Minuten werden Polizisten hereinstürmen, und dann ... Ja, was dann?

Sie kommen nur zu zweit. Ein älterer, der unentwegt gähnt, und ein junger, der ständig Kaugummi kaut und sich für meine Sprechstundenhilfen sichtlich mehr interessiert als für den Fall. Ich sitze da wie ein Teil der Einrichtung. Alles läuft für mich ab wie eine Theateraufführung oder eher ein chinesisches Schattenspiel hinter einer weißen, durchscheinenden Wand. Ich sehe alles, aber es ist merkwürdig weit weg und vollkommen lautlos, obwohl ich doch die Stimmen höre, zum Teil sogar verstehe. Aber das geht mich alles nichts an, ich bin gar nicht da, ich bin tot.

Entfernt bekomme ich mit, dass die Mädels von dem Einbruch in der Nacht zuvor erzählen und dass die Beamten sich ein wenig wundern. Das Betäubungsmittelbuch wird gezeigt, das aufgrund irgendeines Zufalls nicht im Schrank lag, wo es eigentlich hingehörte. Spuren werden gesucht und gefunden. An mich werden bald keine Fragen mehr gerichtet. Stattdessen werde ich irgendwo hingelegt, anscheinend stehe ich unter Schock, mit mir ist nichts anzufangen.

Als ich wieder zu mir komme, ist eine Stunde vergangen. Die Sonne scheint durch die großen Fenster an der Südseite. Natürlich scheint die Sonne, sie scheint zurzeit ja immer. Monika sitzt neben mir und betrachtet mich sorgenvoll. Sonst ist es still. Nach Bruchteilen von Sekunden weiß ich wieder alles, und schon nach kurzer Zeit fange ich an, mich zu wundern, dass ich nicht in einer Zelle bin, dass man mich hier einfach so liegen lässt, obwohl ich doch das Schlimmste getan habe, was ein Mensch tun kann.

»Wie geht's, Doc?«, will Monika mit unsicherer Stimme wissen.

Wie schön es ist, wenn sich jemand um einen sorgt. Ich bekomme nur ein krächzendes Röcheln heraus. Sie holt mir etwas zu trinken, Wasser, ein großes Glas, und langsam wird mir besser. Als ich jedoch versuche, mich aufzurichten, merke ich, wie weit ich von meiner Normalform noch entfernt bin. Sofort wird mir wieder übel, alles dreht sich um mich.

»Wir haben Ihre Frau angerufen. Sie kommt gleich und fährt Sie heim«, erklärt Monika mir und stützt mich, als ich das zweite Glas leere. Sie ist die älteste meiner Angestellten, Mitte vierzig, sandblonde Locken, ein rundes Gesicht mit lieben Augen, verheiratet, zwei Kinder, die schon so groß sind, dass sie wieder Vollzeit arbeiten kann.

Wie gut Wasser schmecken kann! Nichts ist wirklich schlimm, alles kommt wieder in Ordnung. Katastrophen gibt es gar nicht. Später, als Anja schon da ist, erfahre ich, dass die Mädels in ihrer Verzweiflung schließlich Kemmler geholt haben, den Gynäkologen aus dem Erdgeschoss. Er hat mich lustlos untersucht, achselzuckend gemeint, man solle mir einen Schnaps einflößen oder eine runterhauen, und ansonsten Bettruhe verordnet. Er sei schließlich Frauenarzt und als solcher nicht zuständig für herzschwache Männer in der Midlife-Crisis. Sollte ich wieder zu mir kommen, dann würde ich schon selbst wissen, was zu tun sei. Immerhin sei ich ja im Haus der Spezialist für Fälle wie mich.

Anja ist kaum weniger zerschmettert als ich. Auf ihren Rat hin trinke ich noch ein drittes Glas Wasser.

Jetzt erst erfahre ich, dass der junge Polizist immer noch da ist. Er hat die ganze Zeit gewartet, um noch einmal mit mir zu sprechen. Und mit meinen Mädels zu flirten, vermutlich. Den Kaugummi hat er immerhin aus dem Mund genommen. Er stellt mir dann auch einige harmlose Fragen, und endlich sage ich die zwei einfachen Worte, die jeder Mensch lernt, sobald er die ersten Schritte gehen und ein bisschen sprechen kann. Die Antwort auf die Frage, wer denn die Kerze runtergeworfen, die Vase umgestoßen oder die ganzen Gummibärchen verputzt hat. Die Antwort auf die Frage, wie denn wohl dieses lange rotblonde Haar an den Mantelkragen kommt, wieso die Akte, nach der man seit Tagen so verzweifelt sucht, in diesem Schrank liegt, wo sie nun wirklich nicht hingehört:

»Weiß nicht.«

»Haben Sie irgendeinen Verdacht, Herr Doktor, wer es gewesen sein könnte?«

»Weiß nicht.« Entschiedenes Kopfschütteln.

»Ist Ihnen in letzter Zeit irgendwas aufgefallen? Hat sich jemand verdächtig benommen? Ein Patient vielleicht? Jemand, der sich falsch behandelt gefühlt hat oder so?«

»Weiß nicht. Nein, eigentlich nicht.«

»Hatten Sie mit jemandem Streit? Hat Ihnen jemand gedroht?«

»Nicht dass ich wüsste.«

Später, als er endlich weg ist, erfahre ich, dass die Polizisten wissen wollten, wer Schlüssel zur Praxis hat, wann zum letzten Mal die Schlösser ausgewechselt wurden und solche Dinge. Dann brauche ich mich nur noch nach Hause fahren zu lassen und mich ins Bett zu legen. Alle kommen mit, als ich mich mit weichen Knien die Treppe hinunterhangle. Ich fühle mich wie ein uralter Mann, als sie mich in Anjas roten Alfa bugsieren und sorgfältig anschnallen.

Während der Heimfahrt erzählt Anja mir, hin und wieder von beunruhigten Seitenblicken begleitet, mein Mord sei bereits im Radio gemeldet worden, man gehe aber bislang tatsächlich von einem überraschten Einbrecher als Täter aus. Die junge Nachbarin hat offenbar wirklich die Polizei gerufen, ich bin gerade noch rechtzeitig geflohen. Ein Jaguar wird nicht erwähnt. Auch kein teuer gekleideter Mann Mitte vierzig, der sich stundenlang in der Nähe des Tatorts herumgedrückt und ausgiebig verdächtig gemacht hat. Noch gibt es unerklärlicherweise eine Spur von Hoffnung, aber es fällt mir schwer, Anjas verhaltenen Optimismus zu teilen. Behördenmühlen mahlen langsam, aber nach meiner Erfahrung ziemlich gründlich.

Und während der Fahrt wird mir klar, dass mich die

bewussten zwei kleinen Worte vor der Vernichtung hätten bewahren können, hätte ich sie vierundzwanzig Stunden früher ausgesprochen. Ich hätte gestern gleich die Polizei rufen sollen.

»Wie sind die Täter wohl in den Besitz der Schlüssel gekommen, Herr Doktor Quentin?«, hätte man mich gefragt.

»Weiß nicht«, hätte ich schon gestern antworten müssen. »Keine Ahnung. Von mir haben sie sie jedenfalls nicht.«

Mehr hätte es nicht gebraucht, um einen Mord und die Zerstörung meiner Existenz zu verhindern.

Inzwischen ist später Nachmittag. Natürlich habe ich mich nicht ins Bett gelegt, denn dort würde ich erst recht irrsinnig werden. Ich sitze auf der Terrasse, halb aufgerichtet in einer unserer überaus bequemen Lounge-Liegen, mit einer leichten Decke über den Beinen, obwohl es warm ist, trinke Anjas selbst gemachten kalten Zitronentee und schaue auf die Stadt hinunter. Die Sonne hat sich hinter weiße Schleierwolken verzogen. Schwach riecht es nach Blumen. Mutlose Bienen schleppen sich von Blüte zu Blüte, scheinen jedoch nichts Verwertbares zu finden. Bei den Nachbarn brummt ein Rasenmäher, auf der anderen Seite übt jemand ohne jedes Talent Klavier. Die Leute sind erst vor einem halben Jahr eingezogen, er ist irgendetwas Hohes im Rathaus, und die unbegabte Pianistin ist wohl das Töchterchen.

Anja rumort im Haus herum, keine Ahnung, was

sie treibt, aber sie lässt mich in Ruhe, und das ist die Hauptsache. Der Haushälterin hat sie für den Rest der Woche freigegeben, damit sie mir nicht auf die Nerven geht, und ich bin ihr dankbar dafür. Der Gärtner kommt sowieso nur montags, zurzeit gibt es nicht viel Arbeit für ihn. Ich brauche eine Weile, um herauszufinden, was heute für ein Tag ist. Freitag, ja. Mittwochnachmittag ist Katharina durch meine Tür gekommen, in der Nacht von Donnerstag auf Freitag, auf heute also, habe ich sie getötet. All das ist schon so unvorstellbar lange her.

Ein Dutzendmal hat im Laufe des Tages das Telefon geklingelt, wobei mich jedes Mal fast der Schlag traf. Anja hat immer abgenommen, aber es schien jedes Mal unwichtig zu sein. Obwohl ich ihre Stimme hier draußen deutlich hören kann, habe ich nicht darauf geachtet, mit wem sie sprach und worüber. Eine ihrer zahllosen Bekannten oder Freundinnen vermutlich, die üblichen belanglosen Albernheiten, es ist mir gleichgültig. Mich interessiert im Augenblick nur die eine große Frage: Was wird hier gespielt?

Denn dass irgendjemand ein Spielchen mit mir spielt, ist offenkundig. Katharina hat auf meine Frage, wer sie zu mir geschickt hat, schuldbewusst den Blick gesenkt und geantwortet: »Nicht sagen.« Demnach *hat* sie jemand zu mir geschickt. Sie ist nicht etwa durch Zufall oder aus eigenem Antrieb zu mir gekommen, sondern mit einem Auftrag. Dafür spricht auch ihr Zettel mit der Adresse und der Uhrzeit, ab der ich willkommen bin. Alles war vorbereitet, aber gewiss nicht von ihr, und ich muss wissen, von wem sonst. Ich muss wissen, wer hinter allem steckt.

Eines ist mir inzwischen auch klar geworden: Es kann bei alldem nicht um den Inhalt meines Medikamentenschranks gehen. Wäre es so, was hätten die Täter dann für ein Motiv, in der nächsten Nacht zurückzukehren und meine Praxis noch weiter zu verwüsten? Es muss also etwas anderes dahinterstecken. Jemand ist mit beachtlichem Engagement dabei, mein Leben zu zerstören. Der Medikamentenschrank war dabei nur der Anfang.

Nein, das stimmt ja nicht. Der Anfang war Katharina. Sobald ich wieder auf den Beinen bin, muss ich Winni fragen. Bei ihm war sie zuerst. Wegen dieses griechischen Medikaments, das er nicht vorrätig hatte. Vielleicht weiß er ja mehr, als er am Telefon sagte.

Ein wenig fühle ich mich wie ein kleiner Plastikcowboy, der von einem zornigen Kind im Sandkasten herumgeschoben wird und dabei allerlei Abenteuer überstehen muss, auf deren Ausgang er nicht den geringsten Einfluss hat. Aber wer ist es, der mich herumschubst? Was bezweckt er damit? Was hat er davon?

Drinnen jodelt wieder einmal das Telefon. Inzwischen ist es wieder heiß geworden, dumpf und stickig. Dennoch weigere ich mich hartnäckig, die Terrasse zu verlassen und ins klimatisierte Wohnzimmer umzuziehen. Ich höre Anjas eilige Schritte, höre sie sprechen. Diesmal scheint es wichtig zu sein, ihre Stimme klingt plötzlich anders, nicht gerade aufgeregt, aber konzentriert und angespannt.

Dann kommt sie im Laufschritt heraus.

»Du glaubst es nicht, Börnie!«, schreit sie fast, wirft einen sichernden Blick zur Nachbarschaft und fährt mit gedämpfter Stimme fort: »Der Einbruch war schon um kurz nach elf!«

Als ich sie nur sprachlos und vermutlich ziemlich dämlich anglotze, fährt sie fort: »Die Polizei hat herausgefunden, dass Kemmler noch mal in seiner Praxis war, spätabends. Hatte dort wohl irgendwas vergessen, was weiß ich. Jedenfalls hat er oben Licht gesehen und etwas rumpeln gehört, um kurz nach elf sei das gewesen, sagt er, da ist er sich ganz sicher. Er wollte schon hochgehen und fragen, was los ist. Ob dir ein Stapel von deinen Goldbarren umgefallen ist. Aber dann hat es wohl von alleine aufgehört. Kurz darauf hat er Schritte auf der Treppe gehört, und als er ein paar Minuten später ging, war bei dir alles dunkel. Da war es höchstens Viertel nach elf. Er ist sich ganz sicher.«

Jetzt verstehe ich überhaupt nichts mehr. Anja steht vor mir, mit geweiteten Augen und einem Tuch in den Händen, das sie knetet und knüllt, und erwartet eine Reaktion von mir. Aber mein Gehirn hat den Betrieb eingestellt. Ich brauche Ewigkeiten, um die Tragweite des Gesagten zu begreifen.

Doch dann wird mir endlich klar: Vergangene Nacht um kurz nach elf habe ich im Wagen gesessen und auf Katharina gewartet. Um diese Zeit hat sie definitiv noch gelebt, und nicht einmal ich selbst wusste, dass ich bald zum Mörder werden sollte. Niemand konnte ahnen, was in Kürze geschehen würde. Niemand konnte zu diesem Zeitpunkt schon dieses Wort an die Wand schreiben, das erst fast eine Stunde später zur Wahrheit wurde.

Die einzige Möglichkeit ist, dass jemand alles arrangiert hat, dass mein Mord, dass alles nach einem ausgeklügelten Plan ablief. Aber nein, das geht ja nicht, so etwas kann kein Mensch einfädeln.

Oder etwa doch?

Vor Wochen habe ich einen Film gesehen, *The Game* hieß er, glaube ich. Da hat jemand einem armen Kerl so ähnlich mitgespielt wie mir. Die Rolle des Herumgeschubsten spielte Michael Douglas. Auch er durchlebte einen Horrortrip, und am Ende stellte sich heraus, dass alles nur ein über alle Maßen teures Geburtstagsgeschenk war. Oder so ähnlich.

Sollte ich Katharina womöglich gar nicht getötet haben? Wird gleich eine johlende Meute hereinkommen, mir zu meiner Standfestigkeit gratulieren und erklären, alles sei nur ein riesengroßer Spaß gewesen? Für eine kurze Sekunde schäumt die unbändige Hoffnung in mir auf: Hat man mich betäubt, alles präpariert und mich später auf der toten Katharina wieder zu Bewusstsein kommen lassen? Oder sollte die Tote gar nicht Katharina gewesen sein, sondern eine Doppelgängerin? Oder war sie womöglich nicht einmal tot?

Nein, alles Quatsch. Die Polizei ermittelt ja bereits, sucht einen Einbrecher, der Katharina erstickt hat.

Der Freudenschaum fällt in sich zusammen. So etwas gibt es nur im Film, und Hitchcock ist schon lange tot.

»Vielleicht sind sie später noch mal zurückgekommen und haben … es an die Wand geschrieben?«, frage ich zweifelnd.

Aber ich kann nicht einmal selbst an meine Hypothese glauben. Alle um mich herum sind verrückt geworden. Nein, vermutlich bin nur ich selbst verrückt geworden. Ist es nicht so, dass die meisten Bewohner psychiatrischer Kliniken sich selbst für normal und alle anderen für gestört halten?

Ein verlockender Gedanke: Alles ist gar nicht wahr. Ich träume mir was zusammen. In Kürze wird mich jemand wecken, ein Pfleger wird sich freundlich um mich kümmern. Vielleicht, wenn ich Glück habe, werde ich im Rollstuhl an die frische Luft geschoben und darf Enten füttern. Das wird mir wie üblich großen Spaß machen, und ich werde schelmisch lachen, wenn ich eines der Tiere mit einer harten Brotkante am Kopf treffe.

Wir reden noch ein Weilchen über Belangloses, dann geht Anja ins Haus zurück, und ich starre wieder auf die Stadt hinunter und begreife weniger denn je. Irgendwo dort unten sitzt einer und hat schon ganz wunde Schenkel, weil er sich immerzu draufschlägt vor Lachen bei der Vorstellung, was für ein grenzenlos dummes Gesicht ich gerade mache. Die Luft ist jetzt, gegen Abend, sehr klar. Der Hitzedunst hat sich verzogen, und man kann bis Mannheim sehen. Sogar die Schlote der Chemiefabriken in Ludwigshafen kann ich deutlich erkennen. Weit in der Ferne, über den Pfälzer Bergen, steht unbeweglich eine schwarze Wolkenwand.

Kein Windhauch.

Keine Abkühlung.

Keine Linderung.

Anja verfolgt ständig die Radionachrichten. Hin und wieder kommt noch eine kurze Meldung von Katharinas Ermordung, einmal ein kleines Interview mit dem Sprecher der Staatsanwaltschaft, das schon am Vormittag aufgezeichnet wurde. Mehr nicht. Aber das hat natürlich nichts zu bedeuten. Diese Leute bei der Kripo sind Profis. Dass nichts im Radio kommt, heißt nicht, dass sie nicht längst alles wissen. Inzwischen haben sich bestimmt schon die Krögers und Penelope und ihr unfreundlicher Mann gemeldet und von meinem Auftauchen und meinen merkwürdigen Fragen berichtet. Vermutlich suchen sie nur noch in ruhiger Gewissenhaftigkeit die letzten Beweise zusammen, damit es bei meiner Verhaftung keine Schwierigkeiten gibt. Es kann nur noch eine Frage von Stunden sein, bis sie kommen. Jedes Mal, wenn sich auf der Straße unten ein Auto nähert, schrecke ich zusammen und denke, es ist aus.

Aber es geschieht nichts. Nicht an diesem Abend, nicht am Samstagmorgen. Die Praxis ist bis auf Weiteres geschlossen. Unsinn: Natürlich ist sie für immer geschlossen. Noch bevor ich ins Gefängnis wandere, wird man mir die Approbation entzogen haben.

Der Samstagvormittag zieht sich wie Kaugummi. Obwohl die Sonne kaum noch zu sehen ist im Dunst, wird es heiß und heißer. Eine bleierne Schwüle liegt auf der Stadt. Im Westen steht immer noch die Wolkenwand, die sich nicht von der Stelle zu rühren scheint.

Die Gerüche der Blumen sind schwer und süßlich. Verwesungsgeruch.

Nicht einmal die Bienen sind mehr unterwegs.

Nach einer halben Stunde auf der Terrasse ziehe ich es vor, mich doch lieber drinnen aufzuhalten. Anja hat die Klimaanlage wie üblich viel zu kalt eingestellt, sodass ich mir nach einigen Minuten sogar einen Pullover überziehe. Der Fernseher läuft, ist aber stumm geschaltet. In der Küche lärmt das Radio so laut, dass ich sogar im Wohnzimmer verstehen kann, was die Nachrichtensprecherin sagt. Wozu hat Anja den Fernseher laufen, obwohl sie doch ständig irgendwo im Haus herumgeistert oder telefoniert oder, wenn sie sich mal wieder für einige Minuten zu mir gesellt, in ihren Lifestyle-Magazinen blättert? Damit wir einen standesgemäßen Stromverbrauch haben?

Ich stelle fest, wie zermürbend es sein kann, nichts zu tun zu haben und immerzu denken zu müssen. Inzwischen wird im Radio nichts mehr von Katharinas Ermordung berichtet, was mich ein wenig erbittert.

Der Zeitung war die Angelegenheit heute eine zwanzigzeilige Meldung wert. Irgendeine Ausländerin ohne Aufenthaltserlaubnis hat sich wohl mit den falschen Leuten eingelassen. Andeutungsweise wird die Vermutung geäußert, auch Wohnungsprostitution könne eine Rolle gespielt haben. An den überraschten Einbrecher scheint niemand mehr zu glauben.

Die Warterei macht mich rasend. Ich bin nicht mehr weit davon entfernt, mich selbst zu stellen, als wieder einmal das Telefon klingelt. Ich weiß nicht, zum wievielten Mal an diesem Tag. Anja scheint unentwegt zu telefonieren. Dieses Mal dauert es länger als sonst. Zusammengesunken hocke ich im Wohnzimmer und erwarte einmal mehr mein Todesurteil.

Anja ist totenblass, als sie hereinkommt. Sie bewegt sich fahrig, guckt verstört, setzt sich ungeschickt. Ich rechne mit dem Schlimmsten.

»Stell dir vor, Börnie«, bringt sie schließlich heraus. »Sie haben Fräulein Zierfuß verhaftet.«

»Äh ... Wen?«

»Deine alte Sprechstundenhilfe.«

Schon wieder kann ich nicht folgen. »Aber wieso?«

»Sie war es. Sie hat die Praxis verwüstet.«

Ich muss einige Male schlucken. »Die alte Zierfuß?«

Anjas Hände zittern vor Aufregung.

»Sie haben den kompletten Inhalt deines Giftschranks unter ihrem Bett gefunden. Und eine Spraydose mit roter Farbe und noch ein paar andere Sachen. Es gibt keinen Zweifel. Sie behauptet, du seist am Tod vom alten Dr. Wendland schuld. Du hättest ihn betrogen bei der Praxisübernahme, und daran sei er dann gestorben. Anschließend hättest du sie selbst hinausgeekelt. Damit sie nichts verraten kann.«

Erschöpft sieht sie mich an. Auch sie blickt inzwischen nicht mehr durch. Es ist offensichtlich, dass die letzten anderthalb Tage auch ihre Kräfte strapaziert haben.

»Die alte Zierfuß?«, frage ich noch einmal.

»Außerdem hättest du sie vergiftet und krank gemacht, sodass sie auch bald sterben muss. Das scheint übrigens wahr zu sein, dass sie sehr krank ist. Der Polizist hat gesagt, sie bringen sie jetzt erst mal in die Psychiatrie, und später wird man weitersehen.«

Allmählich dämmert es mir. Die alte Hexe hatte noch einen Schlüssel. Ich war so froh, sie endlich los zu sein, dass ich überhaupt nicht daran dachte, ihn ihr abzunehmen. Natürlich hätte es neues Gezänk gegeben. Sie hasst mich wie die Pest. Sie gibt mir die Schuld an allem, was in den vergangenen Jahren in ihrem Leben schiefgegangen ist.

»Dann hat sie auch diesen albernen Brief geschrieben?«, frage ich mehr mich selbst als Anja.

Sie sieht mich nur noch an. Zuckt die Schultern.

Natürlich! Deshalb war mir die Handschrift so bekannt vorgekommen. Ich sinke in die Lehne meines Sessels zurück und habe das Gefühl, ich müsste mich festhalten, um nicht an die Decke zu schweben.

Katharina war völlig unschuldig! Penelope hat die Wahrheit gesagt. Katharina hatte nichts, aber auch gar nichts mit dem Einbruch in die Praxis zu tun. Es gibt kein Komplott und keine Komplizen! Aber schon nach wenigen Sekunden hat mich die Schwerkraft wieder, und die Erkenntnis überfährt mich wie ein Achtunddreißigtonner: Ich habe sie völlig grundlos ermordet. Ihre Freude, mich wiederzusehen, war nicht gespielt. Vielleicht wollte sie wieder mit mir schlafen oder hatte sich tatsächlich in mich verliebt. Und ich weiß weniger denn je, warum. Ich kann mir zwar nicht vorstellen, dass sich eine Frau so mir nichts, dir nichts ausgerechnet in mich verguckt, aber es kann ja sein. Sie war wohl ziemlich einsam, und da ist man auch als Frau vermutlich irgendwann nicht mehr wählerisch.

Ich weiß so wenig von Frauen. Erst mit siebenundzwanzig Jahren habe ich zum Beispiel begriffen, dass sie nicht nur aus Mitleid mit uns schlafen.

Und ich, ihr neuer Geliebter, die kleine Hoffnung in ihrer großen Einsamkeit, ausgerechnet ich habe sie getötet. Im Grunde ist jetzt alles noch viel schlimmer als zuvor.

Und ich blicke nun endgültig nicht mehr durch. Ich werde gleich das Einzige tun, was jetzt noch hilft: Ich werde mich betrinken.

Anja hingegen ist unsagbar erleichtert. »Jetzt hast du es fast geschafft, Börnie! Ich wette mit dir, nun wird alles gut!«

Sie meint das ernst. Sie wettet wirklich mit jedem über alles. Würde ich mich auf ihren Vorschlag einlassen, dann würde sie zwei Kisten Champagner darauf setzen, dass ich in einer Woche noch frei bin. Ich halte schon lange nicht mehr dagegen, weil ich fast immer verliere. Sie sitzt mir gegenüber und strahlt mich an.

Doch allmählich wird sie wieder ernst. Mein Gesichtsausdruck scheint sie zu irritieren.

»Es ist doch eine gute Nachricht? Findest du nicht auch? Es erklärt alles. Na ja, fast alles.«

Ich nicke benommen. Sie wird wohl recht haben. Bestimmt hat sie zurzeit mehr Überblick als ich. Sie lacht ihr teures Glasscherbenlachen.

»Mannomann, Börnie, was bin ich erleichtert! Was für ein Stress, nicht wahr?« Und dann fügt sie noch etwas hinzu, was sie besser nicht hätte sagen sollen: »Du wirst sehen, ein paar Tage noch, und dann geben sie auch die Suche nach dem Mörder dieser griechischen Schlampe auf. Wer interessiert sich schon für so was, eine Illegale, eine Gelegenheitsnutte? Deshalb werden sie doch wohl keinen großen Aufwand treiben, oder was denkst du?«

Wie eiskalte Nadeln durchfahren mich die Worte Schlampe und Nutte. In dieser Sekunde wird mir bewusst, dass ich Anja hasse. Dass ich sie vermutlich schon seit Ewigkeiten hasse. Ihr ständiges unechtes Lachen an den falschen Stellen, ihr zimperliches Getue, ihre Eitelkeit, ihre kleinen Gehässigkeiten, die sie schon aus Gewohnheit, ich glaube, ohne es überhaupt noch zu bemerken, unentwegt in alle Richtungen austeilt. Welches Recht hat dieses Luxusweib, verdammt noch mal, so von Katharina zu sprechen? Wie, zur Hölle, kann sie sich erlauben, meine Katharina eine Nutte zu nennen?

Den Nachmittag überstehe ich irgendwie, ohne durchzudrehen. Anja scheint sich in meiner Anwesenheit plötzlich nicht mehr wohlzufühlen und ist weggefahren, um irgendwen zu treffen. Erst gegen Abend kommt sie zurück. Wir sprechen inzwischen kaum noch miteinander, und später betrinke ich mich wirklich und versinke immer tiefer in finsterem Brüten. Anja sieht fern, und ich rekapituliere die letzten Jahre. Versuche herauszufinden, seit wann ich sie hasse. Aber es gelingt mir nicht. Ihre Zickigkeit hat mich schon früher oft gestört. Zwischendurch gab es aber immer wieder Zeiten, in denen ich sie geliebt habe, unwiderstehlich fand, attraktiv, sexy. Man kann an einem Menschen nun mal nicht alles mögen, tröstete ich mich. Ich habe bestimmt auch meine Macken, die sie wegstecken muss. Die Summe muss positiv sein, dann ist es okay, dachte ich bisher.

Vielleicht ist es, seit wir in diesen sogenannten besseren Kreisen verkehren, zu diesen nervtötenden Partys gehen, zu all diesen Leuten, die ich nicht kenne und auch nicht kennen will? Ja, ich hasse Anja, wenn sie in einem Pulk von unauffällig teuer gekleideten, so ekelerregend rücksichtsvollen Menschen steht und herumalbert, Cocktails trinkt, gickelt und lacht, jeden und jede anstrahlt, Küsschen hier, Küsschen da und vielleicht noch ein Gläschen gefällig? Auch für den guten Börnie? Der heute mal wieder so schweigsam ist?

Ich hasse sie nicht weniger, wenn sie anschließend auf der Heimfahrt über dieselben Menschen herzieht, sich über die lustig macht, mit denen sie eben noch so vertraut tat. Von jedem weiß sie irgendeine Gemeinheit zu berichten, von einem Ehebruch, einem geglückten Versicherungsbetrug, drogenabhängigen Söhnen und magersüchtigen Töchtern. Oder ist mein Hass nur ein Produkt meiner überreizten Nerven? Sehe ich alles zu negativ? Immerhin hat sie mir in den vergangenen Tagen beigestanden, hat mir geholfen. Ich weiß nicht. Ich weiß nichts. Ich bin nur sehr bedingt zurechnungsfähig zurzeit.

Sonntagmorgen, sechsundfünfzig Stunden sind seit meinem Mord vergangen, und noch immer haben sie mich nicht geholt. Die Zeit schleicht dahin, scheint demnächst leise knirschend zum Stillstand kommen zu wollen, doch nichts geschieht, und ich begreife nicht, weshalb. Gut, die Krögers haben vermutlich Angst, mit dem Finanzamt oder sonst wem Schwierigkeiten zu bekommen, wenn bekannt wird, dass sie Katharina steuerfrei beschäftigt haben. Sie sind beide Beamte und haben eine Menge zu verlieren. Aber Katharinas Cousin? Und seine Frau, Penelope? Was sollten die für Gründe haben zu schweigen? Ich kann mir beim besten Willen keinen ausdenken, beginne jedoch langsam, sehr langsam, wieder Hoffnung zu schöpfen. Im Tal läuten die Kirchenglocken, als wollten sie mir etwas sagen.

Irgendwie überstehe ich auch diesen Tag, ohne Anja die Augen auszukratzen oder die Zähne einzuschlagen. Wir speisen Französisch, sprechen wenig, und ich verstecke mich die meiste Zeit in meinem Arbeitszimmer. Die Stereoanlage, die ich kaufen möchte, fällt mir wieder ein, und ich fasse einen Plan. Einen lächerlichen Plan, der mir dennoch wie ein riesengroßer Fortschritt vorkommt. Sollte ich am Donnerstag, eine Woche nach meinem Mord, noch immer frei herumlaufen, dann werde ich sie mir gönnen. Und von diesem Tag an wird es in meinem Zimmer Musik geben.

Endlich wieder ein Grund, sich auf etwas zu freuen.

Auf einmal kann ich nicht mehr stundenlang stillsitzen, springe immer häufiger auf, um irgendetwas zu tun, irgendeine Kleinigkeit zu erledigen. So vergeht der Sonntag. Meine Euphorie ist bald wieder verflogen, und anschließend ist meine Laune noch schlechter als zuvor. Nichts geschieht, und ich beginne allmählich, mich vor mir selbst zu fürchten. Das tatenlose Herumsitzen macht mich träge und unausstehlich. Ich falle mir selbst auf die Nerven. Und ich kann Anja nicht mehr ertragen.

Eigentlich hatte ich erwartet, dass mein Hass gegen sie sich mit der Zeit legen würde, doch es hat nicht funktioniert. Stattdessen studiere ich sie wie ein Verhaltensforscher eine über Nacht bösartig gewordene Graugans, registriere sorgsam jede unpassende Bemerkung, jedes falsche Wort von ihr, und sie lässt sich wahrlich nicht lumpen. In den vergangenen zwei Tagen war sie etwas ruhiger als sonst, aber jetzt plappert sie wieder in einem fort vor sich hin, ohne zu überlegen, ich glaube, ohne auch nur Notiz davon zu nehmen, ob ich ihr zuhöre oder nicht. Sie erzählt mir Unbedeutendes von diesem und jenem unserer gemeinsamen Bekannten, wer wen wann mit wem betrogen hat, wer sich wieder einmal scheiden lassen will, wer Alkohol-, Geld- oder sonstige Probleme hat. Neuigkeiten von ihren verzogenen Gören und betrügerischen Geschäften. Nichts als Bosheiten, Schadenfreude, Verachtung. Natürlich kann ich die meisten dieser Menschen auch nicht leiden. Aber ich benehme mich auch dementsprechend. Ich küsse niemanden auf die Wangen, der mir nicht wenigstens ein bisschen sympathisch ist. Ich fange nicht an, begeistert zu jauchzen, wenn er mir über den Weg läuft, wenn ich ihn nicht mag.

Es gibt nur wenige in dieser hochnäsigen Bande, deren Nähe ich ertrage. Winni mit seinen roten Haaren zumBeispiel, weil er nicht eingebildet ist und niemals angibt. Er hat es nicht nötig, sich wichtig zu machen und gebildet zu tun. Winni zieht sein Selbstbewusstsein aus anderen Eigenschaften. Aus seinem notorischen Erfolg bei Frauen zum Beispiel. Anja dagegen ist längst genau wie die anderen. Ich verstehe nicht, weshalb ich es nicht schon früher bemerkt habe. Ein Mensch kann sich doch in wenigen Jahren nicht so verändern? Oder sollte es an mir liegen? Bin ich es, der sich verändert hat? Wenn sie endlich einmal für ein paar Minuten den Mund hält, dann fällt mir mit tödlicher Sicherheit ein, wie sie Katharina eine Schlampe und Nutte genannt hat, und meine Wut wird noch größer als zuvor.

Immer öfter ziehe ich mich mit den fadenscheinigsten Ausreden in mein Arbeitszimmer zurück oder in den Keller oder den Garten, um sie nicht in meiner Nähe haben zu müssen.

Am Montag gibt es irgendeinen Fisch à la Provence zu Mittag. Anja hat vor Jahren ihre Leidenschaft für Frankreich und insbesondere die südfranzösische Küche entdeckt. Wenn ich mich richtig erinnere, war es während eines einwöchigen Urlaubs mit ihrem Surfclub. Ich ertappe mich bei der Vorstellung, sie wäre tot. Oder ich würde ihr die Gabel in den Hals rammen. Es ist so einfach, einen Menschen zu töten, wer wüsste das besser als ich? Wir sprechen über das Wetter. Der Fisch schmeckt vermutlich hervorragend.

Ich beschließe, am Nachmittag einen Spaziergang zu machen. Einen langen Spaziergang durch den Wald, wo es kühl ist. Vielleicht komme ich dort zur Ruhe. Vielleicht finde ich unterwegs wieder zu mir.

So bringe ich auch den Montag hinter mich, ohne dass ein Unglück geschieht, ohne dass die Polizei an der Tür läutet. Ich bin jetzt fast nur noch zum Essen zu Hause und finde allmählich wieder zu meiner Normalform zurück. Denke sogar dran, demnächst die Praxis wieder aufzumachen. Ich kann sie nicht ewig geschlossen halten, denn sonst laufen mir die Patienten weg. Anja hatte ganz recht, als sie schon in der ersten Nacht sagte, ich müsse mein normales Leben weiterleben. Ich müsse einfach so tun, als wäre alles in bester Ordnung. Ich kann nicht bis in alle Ewigkeit durch den Wald rennen und grübeln, bis ich am Ende wirklich noch den Verstand verliere. Aber noch finde ich nicht die Kraft, die dazu notwendigen Schritte einzuleiten.

Am Dienstagvormittag fährt Anja weg, um einzukaufen, und ich setze mich wieder einmal ins Wohnzimmer. Wie üblich läuft der Fernseher ohne Ton. Irgendein amerikanischer Katastrophenfilm flimmert auf dem Schirm. Das World-Trade-Center steht in Flammen, beide Türme. Menschen springen aus den oberen Stockwerken, was für ein Unsinn! Was diese Drehbuchautoren sich so alles ausdenken. Die Kamera schwenkt nach unten. Feuerwehrmänner stehen herum, starren nach oben. Menschen fliehen in Panik irgendwohin. Eine Nachrichtensprecherin kommt ins

Bild, gestikuliert wild und mit großen Augen. Plötzlich sind die Türme aus einer anderen Perspektive zu sehen, noch unbeschädigt. Ein großes Verkehrsflugzeug nähert sich und kracht lautlos in den linken der Wolkenkratzer. Ein enormer Feuerball. Trümmerteile fliegen durch die Luft, regnen zu Boden. Tricktechnisch ist alles recht gut gemacht. Dann wieder die Sprecherin. Erst nach einer Weile wird mir klar, dass ich keinen Spielfilm sehe, sondern eine Nachrichten-Sondersendung.

Ich schalte den Ton ein. Vor anderthalb Stunden sind zwei Verkehrsmaschinen entführt und in die Zwillingstürme des World-Trade-Centers gesteuert worden. Plötzlich wird die Kamera mit einem Ruck nach oben gerissen. Einer der Türme beginnt einzustürzen. Dann wieder die Situation am Boden: Tausende rennen jetzt um ihr Leben, laufen, so schnell sie können. Benommen sitze ich da, kann nicht glauben, was ich sehe. Nicht nur meine eigene kleine Welt ist aus den Fugen geraten.

Als sich meine Erstarrung löst, beschließe ich, wieder einmal spazieren zu gehen. Niemandem ist geholfen, wenn ich mir wieder und wieder diese schrecklichen Szenen ansehe. Ich verlasse das Haus so, wie ich bin: in Jeans und einem Poloshirt, das eigentlich in die Waschmaschine gehört. Wieder ist es heiß, aber ich muss nur wenige Schritte gehen, um den Wald zu erreichen. Der Weg führt steil aufwärts, bald komme ich außer Atem, und meine eigenen Sorgen verdrängen die apokalyptischen Katastrophenbilder aus meinem Kopf.

Jedes Mal, wenn ich an Katharina denke, platzt etwas Heißes in meiner Brust. Es ist nicht nur der Schreck der Erinnerung an das, was ich getan habe. Da ist noch etwas anderes: Es gibt für mich inzwischen keinen Zweifel mehr daran, dass ich mich, so albern es klingen mag, in sie verliebt hatte. Ich kann es drehen und wenden, wie ich will. Ich weiß nicht, warum sie mir ihr Zettelchen in die Hand drückte und mit welchen Hintergedanken sie mich im Haus der Krögers erwartete. Ich weiß nicht, weshalb sie sich so freute, mich am nächsten Abend wiederzusehen. Ich weiß nicht, was sie dabei empfand, was sie dachte und hoffte. Niemals werde ich verstehen können, was in ihr vorging. Nur eines weiß ich: Die Wahrscheinlichkeit ist sehr, sehr klein, dass ich noch einmal solche Stunden erleben darf wie die, die ich mit ihr zusammen verbrachte.

Ich habe keinen Schimmer, wie ich jemals mit alldem fertigwerden soll. Vielleicht wird die Zeit die Wunden heilen, wie man so schön sagt, vielleicht wird es von allein aufhören oder wenn ich doch noch verhaftet werde. In jedem Fall werde ich lange brauchen, um darüber hinwegzukommen.

Als ich nach etwa zwei Stunden wieder nach Hause komme, verschwitzt, erschöpft, aber, wie ich mir einbilde, mit halbwegs klarem Kopf, sitzt Anja vor dem überlaut gestellten Fernseher.

»Hast du schon gehört?«, schreit sie. »In New York …?«

Ich nicke müde.

»Die Heidenreichs sind gerade drüben. Sie haben es gesehen, beide Flugzeuge. Sie haben Bilder gemacht und wollen sie per Mail schicken. Bis jetzt ist aber noch nichts gek...«

»Danke, kein Bedarf«, falle ich ihr ins aufgekratzte Wort. »Bitte verschon mich damit.«

»Sie sagen, es sei ganz schrecklich gewesen.«

»Kann ich mir vorstellen.«

»Zigtausend Menschen waren in den Türmen, als die Flugzeuge reingekracht sind, und man weiß noch nicht mal annähernd, wie viele Tote es gegeben hat.«

Sie hat nicht etwa Mitleid mit den Opfern oder mit den ungezählten Angehörigen, die sich gerade Sorgen um einen Menschen machen, der ihnen nahesteht. Was aus Anjas Augen leuchtet, ist die pure Sensationslust. Dass diese Heidenreichs – keine Ahnung, wer das sein mag – zurzeit offenbar unentwegt telefonieren, um aller Welt mitzuteilen, es sei ganz, ganz schrecklich gewesen, hat ebenfalls nichts mit Mitgefühl zu tun. Ätsch, wir haben euch etwas voraus!, das ist die Message. Wir sind live dabei, während ihr Loser euch mit Fernsehbildern begnügen müsst.

Am Nachmittag mache ich, hauptsächlich, um Anjas Anwesenheit zu entfliehen, die unentwegt mit irgendwelchen Leuten telefoniert (»Hast du schon gesehen? Auch die Bilder, als ...? Und den Mann, der aus dem hundertsten Stockwerk ...?«), einen noch längeren Spaziergang rund um den Heiligenberg. Früher bin ich viel und gerne spazieren gegangen, konnte mich stundenlang an Landschaften, Pflanzen und Vögeln erfreuen und meinen Gedanken freien Lauf lassen. Heute denkt nichts in meinem Kopf. Während mein Gehirn in den vergangenen Tagen nicht aufhören konnte, Möglichkeiten zu erwägen, Geschehenes zu rekapitulieren, ist es jetzt in teigiger Passivität erstarrt. Ich laufe, nein, renne fast durch den Wald, sehe nicht links und nicht rechts, habe keinen Blick für diese Stadt, die zu besichtigen Jahr um Jahr Zigtausende Menschen den Erdball umfliegen. Und wie eine bösartige, fette Henne brütet mein Kopf ein riesiges, schleimiges Ei aus. Und was dabei herauskommt, ist nichts als Hass.

Hass auf Anja.

Zu Hause angekommen, gehe ich sofort ins Arbeitszimmer und rufe Bettina an. Zu meiner Überraschung erfahre ich von ihrem Mann, dass sie in der Praxis ist. Ich rufe dort an und höre, dass meine tapferen Mitarbeiterinnen den Laden schon aufgeräumt haben. Sie haben den ganzen Papierkram wieder einsortiert, schon gestern war jemand von der Computerfirma da, spätestens am Nachmittag werden alle PCs wieder laufen. Der Giftschrank ist wieder gefüllt, nichts fehlt, und im Augenblick sind sie dabei, die beschmierte Wand zu übermalen. Ich könnte jede Einzelne von ihnen herzen und abküssen.

Noch am Telefon beschließen wir, morgen wieder aufzumachen, und plötzlich freue ich mich darauf. Ich muss raus hier, je schneller, desto besser.

Abends hängen wir wieder herum und schweigen uns an. Immer noch läuft im TV diese Endlosschleife von explodierenden Flugzeugen, um ihr Leben rennenden Menschen, einstürzenden Monstertürmen. Immerhin hat Anja gnädigerweise den Ton wieder leise gestellt. Einige Male versucht sie mich aus der Reserve zu locken, lässt es jedoch bald bleiben, wechselt endlich den Sender und sieht sich einen offenbar sehr lustigen französischen Film an. Auch Tausende von Toten haben nur zeitlich begrenzten Aufmerksamkeitswert. Ab und zu lacht sie, dass ihr die Tränen aus den Augen kullern. Meine Schweigsamkeit scheint sie keine Sekunde zu bekümmern, und ich glaube, inzwischen ist ihr schon wieder reichlich gleichgültig, wie es mir geht, was mich umtreibt, was meine Pläne und Sorgen sind.

In mir verfestigt sich die Überzeugung mit jeder Stunde mehr, dass im Grunde sie an allem schuld ist. Wäre Anja nicht so, wie sie ist, dann hätte ich mich niemals mit einer anderen Frau eingelassen. Wie es scheint, herrschte in mir ja ein regelrechter sexueller Notstand, ein dramatischer Mangel an Zuneigung, von Liebe ganz zu schweigen, und deshalb, ja, nur deshalb habe ich getan, was ich tat.

Als Anja die Flimmerkiste endlich ausschaltet, raffe ich mich auf und erzähle ihr vom bewundernswerten Einsatz meiner Mitarbeiterinnen und meinem Beschluss, morgen die Praxis wieder zu eröffnen. Gelangweilt sagt sie: »Wie schön!« und: »Wunderbar, Börnie, ehrlich« und gibt sich nicht die geringste Mühe, zu verbergen, dass ihr das alles herzlich egal ist.

Ja, so ist es.
Sie ist schuld.
An allem.

9

Am Mittwoch erwache ich in bester Laune. Immer noch bin ich in Freiheit, immer noch sind keine Gitter vor meinen Fenstern. Es ist unerklärlich, aber es soll mir recht sein. Und ich freue mich auf meine Arbeit. Es wird mir guttun, dass man etwas von mir will, dass ich gebraucht werde. Gewohnte Abläufe, ein Regelwerk, Patienten, deren Kommen und Gehen meinen Tag strukturiert. Routine, hin und wieder sogar ein Highlight, ein glücklicher, dankbarer Patient, eine in Tränen aufgelöste Patientin, die eine schwere Zeit hinter sich hat und endlich wieder optimistisch in die Zukunft blicken darf.

Die Morgenluft ist herrlich, zehn Minuten zu früh bin ich in der Praxis, keine neue Katastrophe, alles ist wie früher, meine Sprechstundenhilfen lächeln, und nach unendlich langer Zeit lächle ich zurück.

Den Tag über rolle ich auf meinen gewohnten Schienen dahin, auf Arbeitsgleisen, keine Achterbahn mehr, muss kaum etwas entscheiden, alles läuft fast von selbst. Die Praxis sieht aus, als wäre es nie anders gewesen. Nur der Geruch nach frischer Farbe erinnert noch daran, dass es hier noch vor wenigen Tagen nicht so friedlich war.

Meine morgendliche Begeisterung hält leider nicht lange vor. Bald stelle ich fest, dass mir die vergangenen Tage und Nächte in den Knochen stecken, dass die Angst, die Wut, der Hass mir noch zu schaffen machen. Ich weise Bettina an, alles, was keinen Termin hat, gleich wieder nach Hause zu schicken.

So habe ich zwischendurch immer wieder Pausen, die ich zum Nachdenken nutze. Die meiste Zeit denke ich an Katharina. Ich habe mich wirklich und wahrhaftig in sie verliebt. Es klingt so abgrundtief dumm, aber es ist so, und ich kann nichts dagegen tun.

Oft starre ich aus dem Fenster, und manchmal erschrecke ich, wenn unten auf der Straße eine Frau vorbeigeht, die ihr entfernt ähnlich sieht, obwohl doch niemand besser weiß als ich, dass sie es nicht sein kann. Immer wieder, wenn die Tür sich öffnet, hoffe ich für Sekundenbruchteile, dass sie es ist, die hereinkommt, mit ihren korrekten Schritten und schmalen Bewegungen, so als dürfte man auf dieser Welt nicht viel Platz beanspruchen. Dass sie wieder ihre Bluse auszieht und ihren BH und mir später ein Zettelchen mit einer Adresse in die Hand drückt. Das alles ist so vollkommen blödsinnig, lässt sich mit Körperchemie und Fortpflanzungstrieb nicht erklären. All meine Theorien über Liebe und zwischenmenschliche Beziehungen liegen als erbärmliches Häufchen Schutt am Boden, und ich stehe meinen Gefühlen hilflos gegenüber.

Ich lasse es geschehen. Es ist unendlich viel stärker als ich.

Irgendwann beginne ich zu wünschen, ich hätte wenigstens ein Andenken an sie. Irgendetwas, das ihr gehört hat, was sie in der Hand gehalten, was sie bei sich getragen hat. Was ich ansehen und berühren könnte. Erst am späten Nachmittag fällt mir siedend heiß ein: Ich habe ja Andenken an sie, denn ich habe sie bestohlen. Ich erinnere mich, wie ich ihr Portemonnaie und einige andere Dinge aus ihrer Wohnung mitgenommen habe.

Aber wo mögen sie sein? Ich werde sie suchen, heute Abend, nachher, bald. Irgendwo zu Hause müssen sie sein. Vielleicht in einer der Manteltaschen? Plötzlich bin ich wieder aufgeregt.

Endlich ist Abend, ich bin zu Hause, zum Glück allein. Anja ist mal wieder unterwegs, Volkshochschule, Tennis, was weiß ich. Wieder haben mich keine unauffälligen Männer in Zivil vor der Haustür erwartet. Es dauert eine Dreiviertelstunde, bis ich Katharinas Sachen schließlich finde. Mantel, Jackett, Hemd, Hose, die Schuhe, alles, was ich in jener verfluchten Nacht trug, ist unauffindbar. Erst nach einiger Zeit erinnere ich mich, dass Anja die Sachen vernünftigerweise vernichtet hat. Wegen eventueller Spuren. Das war natürlich sehr klug von ihr.

Nach langem Suchen im Schlafzimmer, im Arbeitszimmer, sogar in den Sofaritzen, finde ich meine Diebesbeute im Handschuhfach des Jaguars. In temporärer Unzurechnungsfähigkeit hineingestopft und umgehend vergessen. Die Polizisten hätten sich in Mannschaftsstärke kaputtgelacht, wenn sie den Kram gefunden hätten.

Erst in meinem Arbeitszimmer, hinter verschlossener Tür, wage ich die Sachen zu betrachten und zu beschnuppern. Alles riecht nach ihr, nach Katharina. Das Portemonnaie ist ein billiges blaues Ding aus Kunstleder mit einem zerknitterten, uralten Familienfoto darin, einer Straßenbahnfahrkarte, einigen kleinen Notizzetteln, wie ich schon einmal einen erhalten habe von ihr, und etwas über fünfzehn Euro. Die Zettel sind mit griechischen Buchstaben beschrieben, die ich nicht so ohne Weiteres lesen kann. Irgendwann werde ich versuchen herauszufinden, was da geschrieben steht. Gleichgültig, was es ist, es wird mir wichtig sein, wird mir wie eine Nachricht von Katharina erscheinen. Selbst wenn da nur »eine Tüte Milch und sechs Eier« steht, werde ich keines dieser Papierchen jemals wegwerfen können. Dies alles werde ich sorgfältig aufbewahren, selbst auf die Gefahr hin, dass es mich am Ende ins Gefängnis bringt.

Daneben habe ich noch ihren Schmuck mitgehen lassen. Die goldenen Ohrringe, die sie bei unserem ersten Treffen trug. Nach dem ersten Augenschein sogar echt, Erbstücke vielleicht. Dann ein dünner Fingerring mit einem kleinen roten Stein, einem Granat, wenn ich mich nicht irre. Und schließlich ist da noch das dünne Notizbuch mit seegrünem Plastikumschlag, ein Werbegeschenk eines Fachgeschäfts für Sanitärbedarf.

Darin stehen, alphabetisch geordnet, die Anschriften und Telefonnummern der wenigen Menschen, die sie hier in der Stadt kannte. Die Namen kann ich wieder nicht lesen, dafür aber die Nummern. Einige glaube ich sogar zu kennen, und dann gelingt es mir meist auch, den dazugehörigen Namen zu entziffern. Meine Hände sind feucht. Mein Herz klopft wie damals, als ich zum ersten Mal einen Kunstband voller mehr oder weniger entblößter Frauen durchblätterte, den ich in den oberen Fächern des Bücherschranks meines Vaters gefunden hatte.

Natürlich stehen Penelope und die Krögers in Katharinas Büchlein, daneben andere Nummern, die mir nichts sagen, und schließlich unter S: Winfried Schmerbeck. Erst nach vielen Sekunden begreife ich, was das zu bedeuten hat.

Ich höre noch seine Worte am Telefon: *Ich hab hier eine Frau im Laden stehen, eine Ausländerin* ... Er sagte nicht »eine Bekannte«, sondern »eine Frau«. Da bin ich mir ganz sicher. Wie kommt es dann aber, dass seine Telefonnummer in Katharinas Adressbuch steht? Schon ist das Misstrauen wieder da. Hat sie etwa alles absichtlich so eingefädelt, dass er sie zu mir geschickt hat? Jetzt fällt mir auch ihr Zettel wieder ein. Hatte sie ihn deshalb fix und fertig in der Tasche, weil sie alles von vornherein so geplant hatte, wie es dann später abgelaufen ist?

Nein. Unfug. Völlig undenkbar. Und dennoch gibt es keine andere Erklärung. Sie hatte diesen Zettel, und er war fertig beschrieben. Und zwar nicht mit griechischen Buchstaben, wird mir jetzt erst bewusst, sondern mit lateinischen. Sie muss gewusst haben, wie alles kommen würde.

Ich muss Winni fragen, vielleicht hat er eine Erklärung.

Schon halte ich den Hörer in der Hand, beschließe dann aber, bis morgen zu warten. Ich will ihm in die Augen sehen bei diesem Gespräch. Seine Apotheke liegt ganz in der Nähe meiner Praxis, gleich um die Ecke. Im Laufe des Tages werde ich kurz hinübergehen und ihn zur Rede stellen. Und bestimmt wird wieder alles ganz einfach sein, und er kann mir alles erklären.

Ich stecke das schnurlose Telefon wieder in die Basisstation. Erst muss ich auch gründlich überlegen, was ich sagen werde, damit ich mich nicht am Ende noch selbst verrate. Schließlich geht es bei diesem Thema um meinen Hals. Schon aus diesem Grunde ist es gut, erst noch einmal darüber zu schlafen. Im Moment bin ich zu verwirrt, muss mich beruhigen. Meine Nerven sind zerrüttet, ich sehe Gespenster, mache alles komplizierter, als es sein kann.

Am Donnerstag wird es halb eins, bis ich Zeit finde, rasch zur Dante-Apotheke hinüberzulaufen. Es sind nicht einmal zweihundert Meter. Der gelbe Lamborghini steht im Schatten der großen Platane an der Ecke. Selbstverständlich besitzt Winni die schönste Apotheke der ganzen Stadt. Menschen mit Geld können sich guten Geschmack eben leisten. Viel altes, dunkles Holz, allerhand antiquarische Gerätschaften dekorativ aufgestellt und effektvoll beleuchtet. Allein der Gong, der ertönt, wenn man den Laden betritt, ist ein Erlebnis.

Alles Moderne ist gut versteckt, sodass man es frühestens beim zweiten Blick bemerkt. Eine seiner natürlich allesamt bildhübschen Assistentinnen erklärt mir strahlend, ihr Chef sei hinten im Labor. Sie behandelt mich, als hätte sie auf mein Erscheinen gewartet, seit sie denken kann, obwohl sie mich zum ersten Mal in ihrem Leben sieht. Leutselig plappernd führt sie mich zu Winni. Der ist erst überrascht, eine Sekunde später aber schon erfreut, mich zu sehen.

Er war dabei, eine gelbliche Salbe zuzubereiten. Sieht fast rührend aus, wie er da steht, im offenen weißen Kittel und mit seinem Mörserchen. Wozu macht er das noch? Das hat er doch weiß Gott nicht nötig. Warum hat er den Laden nicht längst verkauft und sich in seine Villa in der Toskana zurückgezogen? Aber ich weiß es ja nur zu gut: Er würde es ebenso wenig wie ich aushalten, sich dem Dolcefarniente hinzugeben und von den Zinsen zu leben.

An einem weißen Tuch wischt er sich die Hände ab, ohne den jetzt etwas beunruhigten Blick von meinem Gesicht zu wenden. Er ist offenbar mächtig gespannt auf das, was jetzt gleich kommen wird. Der Begrüßungswitz, den er schon auf den Lippen hatte, verschwindet wieder in den Tiefen seiner unerschöpflichen Sammlung. Auf den ersten Blick hat er begriffen, dass jetzt kein Zeitpunkt für Späße ist. Das ist es, was ihn auf so angenehme Weise vom Rest der Bande unterscheidet.

Ich warte, bis die strahlende Blonde weg und die Tür zu ist.

»Winni, ich muss mal mit dir reden«, beginne ich dann mit belegter Stimme. »Hast du fünf Minuten für mich?«

Ich lehne mich an den Labortisch, nachdem ich mich davon überzeugt habe, mir dabei kein Loch in die Hose zu ätzen. Eine alte Gewohnheit aus dem Studium. Dies hier ist zwar kein Chemielabor, aber man kann ja nie wissen.

Er sieht mich an und wartet. Aber wie soll ich beginnen? Plötzlich sind all die schönen Sätze verschwunden, die ich mir zurechtgelegt habe. All die flapsigen Bemerkungen, die ihn darüber hinwegtäuschen sollten, dass dieses Gespräch für mich lebenswichtig ist, sind verflogen. So bleibt mir nichts anderes übrig, als direkt zur Sache zu kommen. Alles andere hätte er mir ohnehin nicht geglaubt, so wie er guckt.

»Du hast letzte Woche diese Frau zu mir geschickt. Am Mittwoch, du erinnerst dich?«

»Ja klar.« Etwas zu zögernd nickt er. »Die schöne Griechin. Deshalb bist du hier? Will sie ihre Rechnung nicht bezahlen? Glaub bloß nicht, dass du mich deswegen in Regress nehmen kannst, alter Junge!«

Er grinst schon wieder, wenn auch verhalten. Der Kerl würde vermutlich noch auf der Folterbank und mit Blut im Mund Witze über die Justizvollzugsbeamten reißen.

Aber ich gehe nicht darauf ein. Ich bin jetzt ganz konzentriert.

»Hast du sie gekannt?«

»Gekannt? Was meinst du damit?«

»Ganz einfach: Hast du sie vorher schon gekannt?«

Er lässt erst die Hand und dann den Blick sinken. »Natürlich nicht. Wie kommst du darauf?«

Das war die falsche Antwort. Die richtige Antwort hätte gelautet: Nein, natürlich nicht.

Die Menschen lügen alle so schlecht.

»Also ja«, sage ich.

Winni ist das Witzereißen vergangen. Er fummelt an seinem Hemdkragen herum und sieht überall hin, nur nicht mehr in mein Gesicht.

»Warum hast du sie zu mir geschickt? Es ist ja wohl nicht um diese Hustenpillen gegangen. Die hättest du ihr auch so verkaufen können. Und die zweite Frage, wenn wir schon mal im Gespräch sind: Warum hast du dabei so getan, als wäre sie eine Unbekannte für dich, was ja offenbar nicht stimmt?«

Er ringt die Hände, nein, eigentlich nur die Finger, mit mahlendem Kiefer starrt er aus dem Fenster. Das Thema ist ihm sehr, sehr peinlich, und das will bei Winni weiß Gott etwas heißen. Endlich öffnet er den Mund.

»Bernhard ... Es ist so ... Ja, Scheiße, natürlich hab ich sie gekannt.« Er arrangiert seine Tiegel und Fläschchen auf dem Tisch um. »Du übrigens auch.«

Das überrascht mich nun sehr.

»Ich? Das wüsste ich aber.«

»Oh, doch. Du hast sie mal gesehen. Bei mir. Im April, du erinnerst dich? Mein Geburtstag?«

Richtig. Wieder mal eine dieser Partys. Ich glaube, es war sein Vierzigster. Damit er weiterspricht, nicke ich.

»Sie hat geputzt bei mir, zweimal die Woche. Aber damals hatte ich sie zum Servieren angestellt. Gläser rumreichen, den Männern ein bisschen schöne Augen machen, du weißt schon. Nein, um der Wahrheit die Ehre zu geben ...« Endlich sieht er mir wieder in die Augen. »Eigentlich hab ich sie als Dekoration angestellt. Hat ja schon saugut ausgesehen, das Mädchen. Das mit den Gläsern, das hab ich ihr aufgetragen, damit sie nicht nur dumm rumsteht.«

Er schnauft ein wenig, zwinkert nervös. Ich habe offenbar, ohne es zu ahnen, in ein Wespennest gegriffen.

»Und damals musst du sie gesehen haben. Aber du würdest ja sogar an deiner Mutter vorbeirennen, wenn du ihr zufällig in der Stadt begegnen würdest.«

Meine Mutter ist zwar seit Ewigkeiten tot, aber ansonsten ist da vermutlich etwas Wahres dran.

Seine Augen sind jetzt immerzu in Bewegung. Die Tiegel und Fläschchen finden keine Ruhe. »Geredet hast du natürlich nicht mit ihr. Lag aber diesmal ausnahmsweise nicht nur an dir. Sie war ja mindestens so schweigsam wie du. Konnte natürlich auch kaum Deutsch. Du hast dich wie üblich in einer Ecke rumgedrückt, dein allseits geschätztes Leckt-mich-doch-alle-am-Arsch-Gesicht aufgesetzt und dir einen angesoffen. Aber du musst sie gesehen haben. So blind kannst du gar nicht sein.«

Unsicher blickt er auf, hat anscheinend Angst, etwas Falsches gesagt zu haben, und plötzlich geht es nicht mehr weiter. Ich warte mit zunehmender Ungeduld und habe immer noch keinen Dunst, worauf das alles hinauslaufen könnte. Erst nach vielen peinlichen Sekunden fährt er gequält und mit knackenden Fingergelenken fort: »Aber vor allem, Bernhard, *sie* hat *dich* gesehen und mich noch am selben Abend darauf angesprochen. Ich kann ja ein paar Brocken Griechisch, war früher öfter zum Segeln in ... und ... Ach, Scheiße.«

Winni war schon überall auf der Welt und kann sich vermutlich mit jedem Menschen dieser Erde in dessen Muttersprache unterhalten. Zumindest, wenn dieser Mensch weiblichen Geschlechts ist.

»Du hast ihr komischerweise leidgetan. Hast wohl ihre Mutterinstinkte in Aufruhr versetzt. Vielleicht hat sie eine verwandte Seele in dir entdeckt, was weiß denn ich ... Es ist alles so eine Scheiße. Tut mir wahnsinnig leid, wirklich ...«

Was tut ihm denn leid, um Himmels willen?

»Wir sind dann erst viel später auf die Idee gekommen, auch, weil sie immer wieder mal nach dir gefragt hat und ... Das Ganze sollte ein Scherz sein, weiter nichts, verstehst du? Wir haben gedacht, wir mischen dich mal ein bisschen auf, sollst auch mal was haben vom Leben und ...«

»Was sollte ein Scherz sein? Was heißt aufmischen? Und wer, bitte, ist wir?«

»Was? Ach, Katharina und ich natürlich ...«

Das klang nicht überzeugend, ist aber momentan auch nicht von Belang. Jetzt will ich das eigentlich Wichtige wissen.

»Und worin genau bestand euer Scherz?«

Er schweigt mit verkniffener Miene, aber allmählich beginne ich zu begreifen.

»Du willst sagen, sie wollte aus eigenem Antrieb zu mir? Es war alles geplant? Von ihr?«

»Jein. Ich hab sie irgendwann darauf angesprochen, ob sie nicht Lust hätte, dich näher kennenzulernen ... Im Spaß erst. Aber sie hat ja keinen Spaß verstanden, hat immer alles gleich so ernst genommen. Wie du ja auch. Erst hat sie nur groß geguckt, aber dann hat sie genickt, ganz ernst und langsam. Hab sie ehrlich nicht groß bequatschen müssen, Herrgott ... sie ... war ... na ja, leicht zu haben, wenn du verstehst, was ich meine. Hab ihr dann zweihundertfünfzig extra gegeben. Und weißt du, was das Verrückte war? Am nächsten Tag hat sie mir das Geld zurückgegeben. Dabei hätte sie es doch wirklich gut brauchen können. Ich meine, du kennst ja nun ihre Wohnung und ... Sie war aber keine Professionelle, nicht dass du das denkst. Aber, na ja, wie soll ich ...«

Er grinst schon wieder. Etwas jämmerlich noch, aber er grinst. Leise, den Blick auf seine Apotheker-Gerätschaften gerichtet, erklärt er: »Ich sag immer Hobbyornithologin, wenn du verstehst, was ich meine ... Gut zu v...«

Hätte er den Satz zu Ende gesprochen, ich wäre ein zweites Mal zum Mörder geworden, und das muss er gespürt haben. Mein Anblick scheint ihm einen fürchterlichen Schrecken einzujagen. So weit es geht, weicht er zurück, hebt beide Hände, gestikuliert stumm, als wollte er mir gleich das ganze Unglück seines Lebens erzählen oder ein todkrankes Kamel für teures Geld als Reittier andrehen.

Endlich findet er doch noch ein paar betretene Worte: »Bernhard, glaub mir, es sollte nur ein Scherz sein. Um dich mal ein bisschen aus deiner verdammten Reserve zu locken. Wer konnte denn ahnen, was am Ende dabei rauskommen würde?«

Jetzt jammert dieser Mistkerl auch noch um Mitleid. Er kotzt mich so an. Ich kann plötzlich nicht mehr klar sehen und schon gar nicht vernünftig antworten. Mein Magen fährt Karussell, und mein Hals ist zugeschnürt. Wortlos und vermutlich nicht annähernd mit der Überlegenheit, die ich gerne ausstrahlen würde, wende ich mich ab.

Ich verlasse die Apotheke grußlos und leicht schwankend. Was ist Winni nur für eine Drecksau! Ich habe mich geirrt, er ist keinen Deut besser als all die anderen. Aber das ist es nicht. Das Schlimmste, das Allerschlimmste ist: Anja hatte offenbar recht, Katharina war eine Schlampe, nicht gerade eine Nutte, aber eine Schlampe schon. Eine Hobbyornithologin. Gut zu vögeln.

Andererseits, wenn ich Winni in diesem Punkt glauben darf, dann hatte sie sich in mich verguckt bei dieser elenden Geburtstagsfeier. Es war ... sie wollte ... sie wollte das Geld nicht behalten, das er ihr als Lohn für ihre Liebesdienste gegeben hatte. Sie wollte es aus freien Stücken getan haben.

Aus Zuneigung zu mir.

Aus Liebe?

Die Sprechstundenhilfen sehen mich sehr seltsam an, als ich zur Tür hereinstolpere. In ihren Augen flackert etwas zwischen Sorge, Mitleid und Furcht. Sie müssen mich inzwischen für ein bisschen verrückt halten. Warum auch nicht, sie haben ja recht.

Ich könnte schreien. Brüllen. Toben. Zu gerne würde ich ein paar Sachen an die Wand werfen, damit es ordentlich scheppert, tue es aber nicht. Still und grußlos verschwinde ich im Behandlungszimmer und bitte Bettina telefonisch, mir den nächsten Patienten zu schicken. Oder die nächste Patientin.

Die nicht Katharina sein wird.

Denn die habe ich ja eigenhändig ermordet.

Ich habe mich geirrt: Meine Achterbahn fährt immer noch mit beachtlichem Tempo. Eben war wieder eine dieser heimtückischen und schmerzhaft harten Kurven.

Erneut habe ich ohne Sinn und Verstand einen Nachmittag hinter mich gebracht. Ich weiß nicht, was meine Patienten von mir denken. Manche werden vermutlich nicht wiederkommen, aber was soll's. Einem habe ich einen schweren Betablocker gegen Blähungen verschrieben, der ihn vermutlich für längere Zeit flachgelegt hätte. Glücklicherweise hat Bettina meinen Fehler bemerkt und nach Rücksprache mit mir unauffällig korrigiert.

Jetzt hocke ich zu Hause, auf einem unserer Schnickschnacksofas, und noch immer dröhnt mein Kopf.

Eine Hobbyornithologin.

Gut zu vögeln.

Ich habe das dringende Bedürfnis, jemanden zu verprügeln, und weiß nicht, wen. Anja ist zum Glück nicht da. Vermutlich mal wieder eine Vernissage. Seit wir hier über der Stadt wohnen, kümmert sie sich mit beeindruckender Emsigkeit um die Vervollständigung ihrer Bildung. Möchte auf ihren Partys auch mal hin und wieder einen geistreichen Satz unters gelangweilte Volk werfen. Mich interessiert der ganze Mist nicht. Früher habe ich gerne und viel gelesen, gute Romane, Mann, Grass, Böll, ein bisschen Arno Schmidt, die frühen Sachen. Und Max Frisch natürlich, den *Homo faber* schon mindestens drei Mal. Aber ich brauche nicht vor aller Welt damit anzugeben. In den letzten Jahren hat mir die Zeit dazu gefehlt. Musik ist für mich Debussy. Und die alten Platten aus der Studentenzeit. Janis Joplin.

Auch mit der bildenden Kunst habe ich es nicht so. Von den Bildern, die Anja für teures Geld gekauft und in unser Haus und in meine Praxis gehängt hat, gefällt mir kein einziges. Ich bin auch beim besten Willen nicht in der Lage, in einem Haufen Reisig ein Symbol für die Unterdrückung von irgendwem durch irgendwen zu sehen. Selbst wenn dieser Haufen in einem berühmten Museum mitten in einem großen Raum liegt, viele wichtige Leute beeindruckt murmelnd darum herumstehen und tausendmal im Katalog steht, es sei in Wirklichkeit gar kein Feuerholz.

Erst beim dritten Whisky legt sich das Dröhnen im Kopf allmählich, weicht einem dezenten Sausen, und beim vierten Glas bin ich so weit geklärt, dass mir kurz nacheinander zwei Dinge mit einem derartigen Glockenschlag ins Bewusstsein schießen, dass ich mich verschlucke, einen Teil des teuren Glasinhalts wieder ausspucke und mir beim Husten die Tränen in die Augen schießen. Wieder ist alles so offensichtlich, aber ich bin wirklich nicht mehr Herr meines Verstands. Zurzeit dauert eben alles ein wenig länger bei mir.

Erstens: Als Winni sagte, *Wir haben gedacht ...*, hat er natürlich keineswegs Katharina gemeint. Er war viel zu langsam mit seiner Antwort, er hat gelogen. Zweitens und viel wichtiger: Er hat von Katharina in der Vergangenheitsform gesprochen. *Wer konnte denn ahnen, was am Ende dabei rauskommen würde,* hat er gesagt, und noch viel deutlicher: *Du kennst ja nun ihre Wohnung.*

Dass er von Katharinas Tod gehört hat, ist noch halbwegs erklärlich, aber woher, zum Teufel, kann er wissen, dass ich etwas damit zu tun habe? Dass ich in ihrer Wohnung war? Hier gibt es ein Komplott gegen mich. Diese Krögers, Penelope und ihr Mann, Winni, alle wissen alles.

Nur ich und die Polizei wissen nichts.

Ein Komplott, ja.

Irgendjemand will herausfinden, was ein Mensch ertragen kann, und aus unbekannten Gründen habe ich die Ehre, bei diesem Experiment das Kaninchen zu spielen.

Aber jetzt ist Schluss damit. Ab sofort spiele ich nicht mehr mit. Ab sofort werde ich mich wehren.

Ich muss noch einmal mit Winni sprechen, und zwar

jetzt gleich. Es juckt mich heftig in den Fingern, ihn anschließend zu verdreschen. Gewalttätigkeit gehört sonst nicht zu meinen Eigenschaften, aber allmählich reicht es. Irgendeiner wird jetzt büßen für alles, was mir zugestoßen ist, und Winni ist mit Sicherheit nicht der völlig falsche Kandidat dafür. Vermutlich ist er mir körperlich überlegen, aber selbst das ist mir egal. Schmerzen machen mir nichts mehr aus. Ich bin inzwischen eine Menge gewöhnt. Plötzlich habe ich eine so maßlose, so gletscherkalte Wut auf ihn, stellvertretend für alle, die meinen, mit mir Schlitten fahren zu können.

Winni wohnt nicht weit von hier, an der Bergstraße. Logisch, denn mehr oder weniger der gesamte Jetset der Stadt wohnt hier am Heiligenberg oder in Neuenheim unten. Ein guter Kilometer vielleicht, keine fünfzehn Minuten später bin ich dort. Zu Fuß, weil man in Neuenheim um diese Uhrzeit nur schwer einen Parkplatz findet, weil ich schon viel zu viel getrunken habe und weil ich geplatzt wäre, hätte ich mir nicht Bewegung verschafft. Obwohl es schon nach acht ist, ist es immer noch drückend heiß. Die Sonne ist plötzlich verschwunden, die Wolken im Westen sind höher geworden. Ein böiger Wind treibt sie heran, ohne Abkühlung zu bringen. Ich schwitze wie üblich und spüre leider auch den Alkohol. Das ist nicht gut, aber nicht zu ändern. Ich werde es auch so schaffen. Meine Wut hält mich aufrecht.

Die Straßenränder sind wie üblich vollgeparkt, um diese Uhrzeit sind die meisten Menschen zu Hause. Ich komme an Winnis Rennwagen vorbei, der am Straßenrand steht, obwohl er doch eine große Garage hat. Vielleicht will er später noch einmal wegfahren. Ein schönes Haus hat er auch, für meinen Geschmack viel schöner als unseres. Eine angenehm schnörkellose weiße Villa aus den Zwanzigerjahren, geerbt natürlich, mit einem halbrunden Vorbau und hohen Sprossenfenstern. Früher befand sich dort ein Wintergarten, nach dem großen Umbau vor einigen Jahren ist er Teil seines Wohnzimmers, das jetzt fast das gesamte Erdgeschoss einnimmt. Oben auf diesem Halbrund gibt es eine wunderhübsche Terrasse mit Blick nach Südwesten, auf die Stadt.

Das etwas alberne, schmiedeeiserne Gartentörchen, bei dem ich mich fast bücken muss, um die Klinke zu erreichen, lässt sich leicht öffnen, es ist gut geölt und fällt mit einem satten, zufriedenen Ton hinter mir ins Schloss. Selbst dieses »Klong« klingt nach Wohlstand und behaglicher Selbstgewissheit. Ich steige ein paar Stufen hinauf und stehe vor der dunkel gebeizten Eichenholz-Haustür mit polierten Messingbeschlägen.

Als ich den golden blitzenden Klingelknopf drücke, viel zu lange, fällt mir etwas auf. Etwas beunruhigt mich, ist nicht so, wie es sein sollte. Ich habe eben, vor wenigen Augenblicken erst, etwas gesehen, was hier nicht hingehört. Mein Gehirn hat ein Bild gespeichert, das es aus irgendeinem Grund für so wichtig hält, dass es nicht gleich wieder vergessen werden darf. Ein Auto. Eben bin ich an einem roten Auto vorbeigegangen, einem kleinen italienischen Sportwagen, einem Alfa Romeo. Ich drehe mich um, kann den Wagen von hier aus sehen, zwar nicht die Nummer, dafür aber die Aufkleber an der Heckscheibe erkennen, Aix-en-Provence, Avignon, Arles.

Und plötzlich weiß ich, wen Winni meinte, als er »wir« sagte.

Als er hinter mir die Tür öffnet, fahre ich herum, und für einige ewig lange Sekunden stehen wir uns gegenüber wie zwei Zapfsäulen an einer aufgegebenen Tankstelle und glotzen vermutlich ähnlich intelligent. Jeder denkt, was das Zeug hält, keiner kann etwas sagen, beide sind wir so grenzenlos überrascht, dass es fast schon wehtut. Schließlich winkt er mich mit einer linkischen Bewegung herein.

Anja sitzt auf einer Couch in seinem übergroßen Wohnzimmer, das ich von diversen Partys kenne. Hier sind die Ledersofas dunkelbraun und wulstig. Englischer Landhausstil, natürlich alles überaus geschmackvoll. Es riecht nach Möbelpolitur und Pfeifenqualm. Ich hatte gar nicht gewusst, dass Winni Pfeife raucht.

Ich bin ja so ein ahnungsloser Trottel!

Natürlich ist sie nicht weniger überrascht als ich, wird puterrot, was ich bei ihr überhaupt noch niemals gesehen habe, zupft an der perfekt sitzenden Bluse herum, streicht sich übers Haar, weiß sich nicht zu helfen. Immerhin ist sie angezogen, das Allerpeinlichste bleibt uns erspart. Winni steht bedröppelt in der Tür, zieht ein Es-tut-mir-ja-so-unendlich-leid-aberdu-weißt-doch-wie-das-läuft-Gesicht, und ich lasse mich in den nächsten Sessel sinken. Nein, fallen, denn eine Sekunde später wäre ich umgekippt.

Wir starren uns an, wie sich in billigen Filmen ertappte Ehebrecher und ihre Ertapper anzustarren pflegen. Kurz bevor es zu Tätlichkeiten kommt.

Ja, gleich wird es nun zweifellos Mord und Totschlag geben. Winni ist langsam, ganz unmerklich näher gekommen, steht jetzt so, dass er mich abfangen kann, sollte ich Anstalten machen, mich auf Anja zu stürzen. Das hat er aber wirklich ganz sachte und unauffällig gemacht. Er will die Situation nicht unnötig eskalieren lassen.

Es tut so verdammt weh.

Dabei habe ich Anja doch gerade eben noch gehasst, verabscheut, zum Teufel gewünscht, bin ihrer Gegenwart entflohen, habe mir vorgestellt, sie sei tot – und nun tut es dennoch so weh?

Ich verstehe das alles nicht.

Anja ist die Erste, die einen Ton von sich gibt. Ihre Stimme klingt sehr fremd und verklemmt, als sie: »Na prima!« hervorquetscht und sich zum fünften Mal mit der Hand über die Stirn fährt.

Ich nicke nur blöde. Sie macht nicht einmal den Versuch, irgendetwas abzustreiten. »Es ist nicht das, wonach es aussieht ...« oder etwas in der Art.

Dabei wäre es ganz einfach. Noch ein Glas Eistee nach einem anstrengenden Tennismatch, ein angeregtes Gespräch nach einem atemberaubenden Kunsterlebnis. Aber nein, sie versucht es nicht einmal.

Winni hat wohl das Gefühl, als der emotional am wenigsten Beteiligte an diesem Drama das Gespräch moderieren zu müssen. Aber auch seine Stimme klingt nicht so professionell und beherrscht, wie er es vermutlich gerne hätte. Dies hier scheint sogar für ihn etwas Neues zu sein.

»Hör zu, Bernhard. Wir sollten versuchen, vernünftig darüber zu reden. Schließlich sind wir erwachsene Menschen und keine Teenager mehr.«

O ja, etwas in der Art sagt man wohl in solchen Situationen. Das kenne ich aus dem Kino. Als Nächstes zückt dann einer der Beteiligten eine Waffe, und am Ende kommt die Polizei.

Er gestikuliert verlegen herum, buddelt nach Worten, lacht blöde und sagt schließlich: »So was kommt in den besten Familien vor. Und die Jüngsten seid ihr ja nun auch nicht mehr. Da ist das doch was anderes als ... Kinder habt ihr auch keine, Herrgott, was soll also die Aufregung? Na gut, es ist vielleicht ein bisschen überraschend für dich, das verstehe ich ja. Es wäre besser gewesen, Anja hätte es dir auf schonendere Weise beigebogen. Aber du warst in den letzten Wochen ja auch nicht gerade ein Ausbund an Beredsamkeit, das musst du zugeben.«

Er versucht ein Lächeln, das ihm gründlich misslingt, sieht mich hoffnungsvoll an. Ich starre mit dem Gesichtsausdruck des sprichwörtlichen Ochsen vor dem neuen Scheunentor zurück. Nach Sekunden schlägt er sich die Fäuste an die Schläfen, macht eine theatralische Drehung aus der Hüfte und stöhnt auf.

»Was für ein Bockmist!« Und mit Blick auf Anja: »Sag du doch auch mal was, Anchen!«

Wie kann dieser Scheißkerl es wagen, meiner Frau einen Kosenamen zu geben? Noch dazu einen so abgrundtief bescheuerten? Mich hätte sie geohrfeigt, wäre ich ihr je mit so was gekommen.

Auch Anchen ringt nach Luft und Worten: »Wieso bist du denn überhaupt hergekommen?«

Das war nun wirklich eine selten dämliche Frage.

»Was? Ich ... weiß nicht ...«

Leider fällt meine Antwort auch nicht intelligenter aus. Ich habe tatsächlich vergessen, weshalb ich hier bin. Immerhin habe ich eben etwas gesagt, ich kann also wieder sprechen, wenn auch das Ergebnis zugegebenermaßen nicht besonders geistreich ist, aber immerhin. Bestimmt wird es besser mit der Zeit.

»Ich wollte ... Scheiße, ist doch völlig egal jetzt ... Ich hab doch nicht gewusst ... Eben hab ich draußen dein Auto ... Und ... Ich ... Nein, ich begreif's nicht ... Was hab ich denn falsch gemacht?«

Das war schon ganz gut, glaube ich. So was sagt man wohl in einer solchen Lage als gehörnter Ehemann.

Und sie lacht! Nicht laut, nicht lange, sie lässt es auch sofort wieder bleiben. Vermutlich, weil ich schon wieder einmal mein Mördergesicht mache.

»Was du falsch gemacht hast?«, gluckst sie. »Na, du bist lustig!« Sie lacht noch einmal und schüttelt den Kopf. »Du bist vielleicht ein Komiker.«

Warum spricht sie nicht weiter?

»Was denn? Los, sag es! Was hab ich falsch gemacht, verdammt noch mal?«

Plötzlich ist sie so ruhig wie eine Katze vor dem Sprung auf die ahnungslose Maus.

»Nichts hast du falsch gemacht oder alles, such's dir aus. Überhaupt nichts hast du gemacht, das ist es doch. In deiner Praxis geschuftet hast du. Aber sonst hast du nichts gemacht, überhaupt nichts mehr. Weißt du, ich habe nämlich absolut keine Lust, erst mit fünfundsechzig mit dem Leben anzufangen. Wenn wir es vielleicht einmal geschafft haben sollten. Quatsch, wenn *du* es endlich geschafft haben solltest. Ich für meinen Teil hab es nämlich längst schon geschafft, verstehst du?« Ihre Stimme kippt, sie schluckt und versucht sich zurückzunehmen. »Ich habe keine Lust, darauf zu warten, bis du wieder mal später als halb zehn einschläfst, ich will nicht warten, bis du irgendwann mal wieder gute Laune hast, ich will nicht warten, bis du vielleicht irgendwann mal wieder von selbst auf die Idee kommst ... ach, Mist, mich zu ficken eben ...!«

Sie hat ganz offensichtlich einen Dachschaden. Zudem ist sie ziemlich verzweifelt, und das ist auch angemessen, finde ich. Das gehört sich so.

»Das ist doch Schwachsinn, was du da redest. Und falls es so wäre, warum hast du dann nie ein Wort gesagt?«

Ihre Augen sind auf einmal sehr klein. »Das ist eine sehr originelle Frage. Ausgerechnet von dir. Sehr komisch, wirklich. Ich lach mich gleich tot!«, zischt sie.

Dabei sieht sie ganz und gar nicht nach Lachen aus.

Für einen Augenblick hält sie sich mit beiden Händen die Augen zu, dann fährt sie etwas ruhiger und kälter fort: »Es ist schade, mein Lieber, dass du nicht selbst versuchen kannst, ein Gespräch mit dir zu führen. Du würdest eine verblüffende Entdeckung dabei machen: Es geht nicht. Mit dir kann man nicht reden. Mein Kleiderschrank ist wesentlich unterhaltsamer als du.«

Sie bricht ab, muss atmen, bevor sie weitersprechen kann: »Und ich bin mir sicher, mit dem spreche ich inzwischen auch mehr. Der sagt zwar auch nicht viel, aber er ist wenigstens da und hört mir zu. Wenn ich dir etwas erzähle, irgendwas, nur damit überhaupt noch etwas gesagt wird in unserem Haus, dann hörst du meistens *nicht* zu. Wenn ich dich etwas frage, dann besteht deine Antwort aus maximal drei Worten. Meistens aber nur aus Brummen, Grunzen oder, wenn du mal ausnahmsweise besonders guter Laune bist, aus ›ja‹ oder ›nein‹.«

Ihr Ton wird wieder schärfer: »Manchmal möchte ich dich prügeln, nur damit du endlich die Ohren aufsperrst oder wenigstens sonst irgendwie reagierst. Lange hab ich gedacht, es liegt an deinem verfluchten Klinikjob. Hab gedacht, wenn du diese ... diese ... Praxis hast, dann wird alles besser, dann bist du endlich froh und zufrieden. Ich hab mich so gefreut, als ich das Geld geerbt hab, aus diesem Grund, verstehst du, aus diesem einen Grund, dass du endlich ein menschenwürdiges Leben führen kannst, dass du zu dir kommst, auch mal die Füße auf den Tisch legen und das Gesicht in die Sonne halten kannst! Aber nichts da, der

Herr malocht ja sogar noch mehr als vorher. Auf wie viele Millionen willst du es denn gebracht haben am Ende, wenn ich fragen darf? Wie viel Geld wirst du noch anhäufen müssen, bis du zufrieden bist? Weißt du überhaupt noch, was dieses Wort bedeutet: Zufriedenheit?«

Auweia! Jetzt weint sie fast. Winni legt ihr sacht die Hand auf die Schulter, um sie zu bremsen. Sie schüttelt ihn heftig ab. Er zuckt die Achseln, steckt die Hand in die Tasche zurück, sieht verlegen irgendwohin, auf den Boden, aus dem Fenster, und versucht, überhaupt so zu tun, als wäre er gar nicht da. Er bewegt sich, als stünde er drei Schritte von einem Tiger entfernt, der ihn bei der kleinsten falschen Bewegung anfallen und in Stücke reißen wird.

Mir hat es mal wieder die Sprache verschlagen. Nie hätte ich mir vorstellen können, dass zwei Menschen dieselbe Situation auf so unterschiedliche Weise sehen können.

»Aber ich hab immer gedacht ... Nein, ich hab gemeint ... Eigentlich hab ich gar nicht darüber nachgedacht, ehrlich gesagt ... Ich weiß nicht ... Entschuldige.«

Nein, ich weiß wirklich nicht. Vermutlich wird es Jahre dauern, bis ich wieder klar denken kann. Nach einer Weile, als sie mich nur böse angestarrt hat, versuche ich einen neuen Anlauf: »Gut. Nein, schlecht. Mag ja sein, dass du recht hast, aber trotzdem, das kann doch kein Grund sein, einfach so, ich meine ...« Hilflos zeige ich auf Winni. »Früher warst du doch immer gegen so was. Warst empört, ich meine, wenn andere ...«

Oder stimmt das etwa gar nicht? War nur ich empört? Plötzlich bin ich mir in diesem Punkt nicht mehr so sicher. Dümmlich rühre ich mit den Händen in der Luft herum. Winni behält mich im Auge, zurückhaltend, sichernd. Bereit, dem Sprung des Tigers auszuweichen.

Anja scheint auf etwas zu warten. Auf eine Reaktion von mir? Auf eine Rechtfertigung? Oder wenigstens eine Antwort?

Ich beschließe, so zu tun, als hielte ich für wahr, was ich jetzt sage: »Du hast immer auf dem Standpunkt gestanden, dass so etwas nicht geht. Entweder - oder, hast du immer gesagt. Man muss sich entscheiden. Das war doch deine Meinung. Oder etwa nicht?«

»Dann habe ich meine Meinung eben geändert. Wenn du geruht hättest, dich dafür zu interessieren, dann hätte ich es dir vielleicht gesagt: Ich habe meine Meinung ge-än-dert! Menschen ändern sich, schon mal bemerkt, ja? Du hast dich ja auch verändert, weiß Gott! Früher warst du ganz anders, na ja, vielleicht nicht gerade ein großer Spaßvogel, aber ... anders eben. Früher wärst du auch nicht irgendwelchen dahergelaufenen Patientinnen nachgestiegen und hättest sie nicht hinterher ...«

Winni hält ihr den Mund zu. Wieder versucht sie, ihn abzuwehren, aber diesmal gibt er nicht nach. Und das ist gut so. Ich verstehe, warum er das tut. Er weiß, worauf es ankommt. Man darf mich nicht noch weiter reizen. Ich bin ein Mörder.

»So hört doch endlich auf mit diesem Scheiß!«, zischt

er durch die Zähne. Anscheinend sieht er die Zeit gekommen, wieder als Moderator das Wort zu ergreifen. »Jetzt pass mal auf, Bernhard. Anja hat irgendwo recht. Du sitzt auf dem falschen Dampfer. Du arbeitest zu viel, und du lebst zu wenig. Anja ist eine so … fröhliche und quicklebendige Frau. Sie braucht Menschen um sich, Leben, Trubel. Und Beziehungen muss man pflegen. Wie Autos oder medizinische Geräte, das solltest selbst du wissen. Und wenn man sie nicht mehr pflegen will, dann soll man sie in drei Teufels Namen aufgeben, verstehst du? Es ist schon anderen Paaren passiert, dass sie unversehens feststellen mussten, dass sie sich auseinandergelebt haben. Anja hat vollkommen recht, Menschen ändern sich, und sie verändern sich manchmal nicht unbedingt in die gleiche Richtung, verstehst du?«

Wenn er noch einmal sein blödes »verstehst du« bringt, dann stürze ich mich auf ihn und mache ihn kalt. Für was hält er sich eigentlich?

Auf einmal ist es still. Ich bin wieder dran.

»Aber ich begreife einfach nicht, warum sie nichts gesagt hat. Es ist ja auch nicht wahr, dass wir überhaupt nie miteinander geredet haben. Es ist nicht wahr, dass wir keinen Sex mehr haben. Sie lügt, sie übertreibt … maßlos …«

Es ist nicht zu fassen – ich diskutiere mit meinem Nebenbuhler über meine Ehe. Aber es ist, glaube ich, im Moment die einzige halbwegs ungefährliche Möglichkeit für mich, mit Anja zu sprechen. Sobald ich sie ansehe, lodert eine Wut in mir auf, die mir selbst Angst macht.

Seit einer Woche weiß ich, wozu ich imstande bin, wenn ich einer Frau gegenüber in Wut gerate.

»Sie lügt wie gedruckt! Sie lügt ja anscheinend schon länger! Das ist doch alles nicht wahr oder zumindest maßlos übertrieben …«

Ich drehe mich im Kreis, schon wieder fällt mir nichts mehr ein. Ich mache eine Pause. Winni sieht mich voller Verständnis an, und ich ärgere mich rasend darüber.

»Tut mir leid«, sagte er, »aber das ist euer Privatproblem. Damit müsst ihr allein fertigwerden. Dabei kann ich euch leider nicht helfen.«

»Hast du den Eindruck, dass dich hier jemand um Hilfe bittet?«, belle ich ihn an.

Er guckt gequält, winkt ab, als wäre ich ein lästiges Kind, das sich in ein Erwachsenengespräch einmischt.

Ich finde allmählich meine Sprache wieder und wende mich doch wieder an Anja: »Es ist nicht wahr, dass ich nie mit dir schlafen wollte, wenn wir nun schon mal beim Thema sind. Warum soll er es nicht hören? Es ist nämlich ganz im Gegenteil so, dass du in aller Regel abends im Bett ein derart leidendes Gesicht ziehst, dass es für meinen Geschmack schon an Vergewaltigung grenzen würde, auch nur den Versuch zu machen …«

Ich rede mich zunehmend in Rage.

»Und, mit Verlaub gesagt, wenn ich es dann doch manchmal gewagt habe, dich anzurühren, dann hast du, widersprich mir gerne, wenn ich mich irren sollte, Kopfschmerzen, deine Tage oder sonst …«

»Würdest du gerne mit deinem Kleiderschrank

schlafen?«, platzt sie heraus wie ein Giftfass, das von einem Lastwagen fällt.

Mir bleibt die Luft weg. Einmal mehr bin ich mit meinem Latein am Ende.

Hasserfüllt starrt sie mich an.

Hasserfüllt starre ich sie an.

So habe ich Anja noch nie erlebt. Interessante Zeiten, wirklich. Ich bin regelrecht gespannt, was als Nächstes kommt.

Und es kommt knüppeldick: »Habt ihr in eurem blöden Medizinstudium eigentlich nicht gelernt, dass auch Frauen einen Orgasmus haben können? Nein? Nie gehört?«

»Doch, aber nicht alle. Es gibt vereinzelte Exemplare, verklemmte, protestantisch erzogene höhere Töchter, die haben eben keinen. Oder nur sehr selten.«

Ich höre mich mit Erstaunen sprechen. Wie beredt ich auf einmal bin. Wo kommt das her? Wo führt es hin?

»Du bist ein solcher Drecksack«, heult Anja los. »Ein solcher ... Widerling! Ich ... ich hasse dich!«

Sie schlägt die Hände vors Gesicht und fängt tatsächlich an zu weinen. Sieht recht gekonnt aus, gute Geste, wirklich. Muss ich mir merken und bei Gelegenheit mal üben.

»Ja«, schluchzt sie, »ich hasse dich. Ich kann nicht mehr, ich will nicht mehr, ich ... Ich hab es doch auch gar nicht nötig, verdammt noch mal! Ich lasse mich scheiden, ja. Du kannst deine geliebte Praxis behalten, ich schenke sie dir. Von mir aus auch das öde Haus und deinen doofen Jaguar. Wir machen halbe-halbe und lassen uns scheiden. Ja?«

Dieses letzte, erstickte *Ja* klingt bittend, verzweifelt, tränennass.

Aber mich rührt sie nicht mit ihrem Geflenne. Ich bin jetzt eisenhart. Ich wurde im Höllenfeuer geschmiedet während der vergangenen Tage. Dies hier ist ein Kinderspiel für mich.

»Aber gerne«, erwidere ich eiskalt, »nichts lieber als das. Trennen wir uns. Ich kann mir nichts Schöneres vorstellen, als dein dummes Geschwätz endlich nicht mehr hören zu müssen, dein ewiges Gejammere, dein ...«

Winni fährt sich mit beiden Händen ins strubbelige Haar und unterbricht mich.

»He!«, schreit er. »Hört sofort auf damit! Ihr spinnt ja wohl! Trennt euch für ein paar Wochen, schlaft ein paarmal drüber, getrennt, versteht sich, oder fahrt zusammen in Urlaub. Macht, was ihr wollt, aber schlachtet euch jetzt nicht ab! Ich hab keine Lust, hier nachher das Blut aufzuwischen. Ihr seid doch erwachsen, Herrgott noch mal! Ihr werdet doch wegen so einer Lappalie nicht alles hinschmeißen!«

»Du hast doch gar keine Ahnung, du ...!«, brülle ich ihn an. »Du hältst dich raus hier, verstanden? Ich wüsste nicht, was dich das angeht!«

Inzwischen bin ich wieder einigermaßen klar im Kopf, kann mehr als drei Worte im Voraus denken und finde, dass ich keine schlechte Figur mache in diesem Schauspiel. Und vor allem finde ich, dass dies hier wirklich eine Sache ist, die nur Anja und mich etwas angeht.

Dennoch spreche ich auf einmal wieder zu ihm: »Weißt du, dass ich mich fast in Stücke gerissen habe vor Gewissensbissen wegen dieser Geschichte mit deiner Griechin? Dass ich mich nicht getraut habe, Anja was davon zu sagen, weil ich dachte, sie dreht durch und lässt sich Knall auf Fall scheiden? Wo sie doch so was von anständig ist. Das hab ich Blödmann geglaubt. Und diese ... diese ... treibt's währenddessen fröhlich hinter meinem Rücken. Was weiß ich denn, wie lange schon? Vielleicht bist du ja gar nicht der Erste?«

Ich fühle mich jetzt ziemlich groß, im Recht, erhaben über diesen Blasen werfenden Sündenpfuhl. Anja sieht mich an wie eine Klapperschlange ihre Abendmahlzeit. Leise zischt sie: »Stimmt, du hast recht. Er ist keineswegs der Erste. Er ist nicht einmal der Zweite. Ich treibe es schon lange! Mit vielen, verstehst du mich? Mit sehr vielen sogar! Manchmal mit zweien oder dreien gleichzeitig! Ich bin nämlich eine Schlampe, verstehst du mich? Eine Schlampe!«

Mit jedem Wort wird sie lauter, und am Ende lacht sie hysterisch, springt auf, hebt die Arme über den Kopf, dreht zwei, drei Pirouetten, wackelt aufreizend mit dem schmalen Hintern und lässt sich schließlich nicht besonders elegant aufs Sofa zurückfallen. Offenbar ist sie jetzt restlos durchgeknallt. Sie will mich nur noch provozieren, um jeden Preis. Selbst um den, sich lächerlich zu machen.

Meine Achterbahn schlägt Haken. Links, rechts in

schneller Folge, hoch und runter, dass mir Hören und Sehen vergeht. Mein einziger Trost ist: Schlimmer kann es nun nicht mehr werden.

»Was denkst du denn, wie wir zum Beispiel zu unserem Haus gekommen sind? Was denkst du wohl, warum mich Onkel Gregor praktisch zur Alleinerbin eingesetzt hat?«

Ich war schon fast so weit gewesen, ihr zu glauben, aber jetzt hat sie den Bogen überspannt.

»Mit diesem Tattergreis?«, frage ich mit kaltem Lachen. »Warum nicht auch noch mit seinem Hund?«

»Weil Ronja ein Weibchen war, du Arsch!«, kreischt sie und fährt mir mit einem Schlachtmesserblick ins Gesicht. »Und stell dir vor: Es hat mir Spaß gemacht mit dem Tattergreis, stell dir vor! Es hat mir sogar großen Spaß gemacht! War mal was anderes.«

Winni wendet sich angewidert ab. Ich kann es ihm nicht verdenken.

»Ihr könnt mich mal im Mondschein besuchen«, sagt er. »Ich gehe jetzt 'ne Runde spazieren. Versucht, wenigstens ein bisschen was von der Einrichtung heil zu lassen, damit ich später nicht auf dem Fußboden sitzen muss, okay? Und zieht die Tür hinter euch zu, wenn ihr geht. Ihr seid ja nicht ganz dicht, alle beide. Ciao zusammen und viel Spaß noch!«

Rums.

Er ist tatsächlich gegangen. Wir sitzen da und glotzen uns an. Anja scheint plötzlich Angst zu haben, weil sie jetzt allein ist mit mir. Ich habe eine Gänsehaut am ganzen Körper und sehe vermutlich auch so aus, dass man

Angst vor mir haben muss. Ich bekomme kaum noch die Zähne auseinander, als ich eine Art Antwort versuche, obwohl das Wort natürlich vollkommen falsch ist. Dies hier ist längst kein Gespräch mehr mit Rede und Gegenrede, Frage und Antwort. Dies hier ist der Austausch von Dreck, Schweinereien, Fäkalien.

»Du kotzt mich so an! Du bist so ein ... Miststück! Du ... Ich ... hätte wirklich Lust, dir den Hals umzu...«

Da kreischt sie aber los: »Na, dann tu's doch, du Hohlkopf! Warum versuchst du's denn nicht? Na los, zeig mal, was in dir steckt, du Maulheld! Aber mach dich auf was gefasst, mein Lieber, mit mir wirst du nicht so leicht fertig wie mit deiner Putze! Hergelaufene Patientinnen ficken, hinterher kaltmachen und dann hier den Saubermann spielen! Eines kann ich dir versprechen: Bei mir kommst du nicht mit ein paar Schrammen davon, darauf kannst du Gift nehmen! Wenn ich tot bin, dann hast du längst keine Augen mehr ...«

Sie zeigt mir ihre Krallen und Zähne, und ihr Blick sieht lebensgefährlich aus, als sie genießerisch fortfährt: »Ich werde dir das Gesicht zerfleischen, dass dich niemals mehr jemand mit Appetit ansehen kann, ich werde dir die Nase brechen, die Eier zerquetschen, die Ohren abreißen ... Na los, was ist nun mit deinen fürchterlichen Drohungen, du ... du ...?« Ihre Pupillen sind nur noch Punkte. »Du machst mir keine Angst, du nicht! Mit dir werd ich doch im Schlaf noch fertig! Wer bin ich denn, mir von dir moralische Vorhaltungen machen zu lassen, du ... du ... Kleiderschrank!«

Der Abgang war ein bisschen schwach. Langsam

scheint auch ihr die Munition auszugehen. Wir starren uns noch einige Sekunden an, doch dann kann ich plötzlich nicht mehr. Mit einem Mal fühle ich mich wie ein Kind, dem jemand mit voller Absicht sein neues Spielzeug zertreten hat. Ich bekomme keine Luft mehr, muss immerzu schlucken, mein Gesicht ist ganz taub, meine Unterlippe beginnt zu zittern, und die Tränen kommen diesmal, ohne dass ich husten muss. Das ist alles so abgrundtief widerwärtig, so eklig, so erbärmlich. Ich hasse Achterbahnen aus tiefster Seele. Warum kann es denn nicht aufhören? Das gibt es doch nicht, das widerspricht doch jedem physikalischen Gesetz! Alles hat irgendwann ein Ende, alles kommt irgendwann zur Ruhe, warum nicht ich? Was ist bloß schiefgegangen?

Es ist noch gar nicht lange her, da waren wir ein ganz normales Ehepaar, etwas abgeklärt vielleicht, nun gut, mit ein paar kleinen Problemen wie jedes andere Paar auch, aber sonst: alles ganz normal, alles viel besser als bei den meisten anderen, und nun liegt plötzlich alles in Trümmern. Wir sitzen hier und schlagen mit größter Umsicht und Gründlichkeit alle Reste kaputt, die noch halbwegs heil waren, suhlen uns im Dreck, bewerfen uns mit Kot und Gift.

Als ich wieder aufsehe, weint auch Anja, lautlos und hemmungslos. Ihr ganzer zierlicher Körper bebt. Sie sitzt vorgebeugt da, den Kopf gesenkt, die Hände auf den Knien, und lässt die Tränen einfach laufen. Und auf einmal tut sie mir leid. Sie ist so klein, so zart, sie ist doch immer noch ein Mädchen. Es war alles zu viel für sie, viel zu viel, sie kann so etwas nicht aushalten, und vielleicht hat sie ja auch ein kleines bisschen recht mit dem, was sie sagt. Zumindest mit dem, was sie anfangs gesagt hat.

Draußen wird es schon dunkel, viel zu früh, weil die Wolken den Himmel bedecken. Zwei-, dreimal hat es auch schon verhalten gedonnert.

Bald wird das Gewitter über uns sein. Vielleicht wird dann alles besser, vielleicht klärt sich manches, wenn diese grauenhafte Hitze aufhört, wenn es endlich, endlich abkühlt. Als ich mich wieder umdrehe, steht Anja mit verheultem Gesicht und laufender Nase vor mir und streckt mir die Hände entgegen. Ich erhebe mich mühsam und ungeschickt, und dann liegen wir uns in den Armen wie seit Jahrtausenden nicht mehr. Wir sagen nichts. Es ist wirklich viele Jahre her, seit wir uns das letzte Mal so umarmt haben. Ein einziges Mal noch, nach ihrer Fehlgeburt, als klar wurde, dass sie niemals wird Kinder bekommen können.

10

Winnis Einrichtung blieb unbeschädigt. Wir ließen den Alfa stehen und gingen zu Fuß zurück, Hand in Hand wie seit Ewigkeiten nicht mehr. Der Himmel war inzwischen schwarz vor Wolken, der böige Wind war stärker geworden, es begann bereits zu tröpfeln. Im Westen, über dem Rhein, wetterleuchtete das rasch näher kommende Gewitter.

Jetzt regnet es draußen in Sturzbächen, kracht und blitzt, dass es eine Freude wäre, wenn so etwas wie Freude noch vorstellbar wäre. Aber das berührt uns nicht. Wir haben unser Gewitter schon hinter uns.

Seit wir zu Hause sind, sprechen wir nur das Nötigste. Doch es lastet kein Druck auf diesem Schweigen, da ist kein Zwang, etwas sagen zu müssen. Wir hängen unseren Gedanken nach und versuchen zu begreifen, was geschehen ist mit uns. Dazu leeren wir gemeinsam in kleinen Schlucken eine Flasche schön gekühlten Rosé aus dem Languedoc. Draußen donnert es im Sekundenabstand, der Regen peitscht gegen die gläsernen Terrassentüren. Hier drinnen ist es kühl und ruhig wie in einer Kirche.

Ich spüre inzwischen den Alkohol und eine bleierne Erschöpfung. Schließlich erhebe ich mich mühsam. Meine Gelenke knacken. Das Kreuz tut mir weh, so lange habe ich hier bewegungslos gesessen.

»Ich geh mal kurz duschen.«

Hastig, fast erschrocken hält Anja mich mit einer glühend heißen Hand fest. »Nicht! Geh jetzt nicht weg, bitte!«

Gehorsam plumpse ich wieder auf die Couch zurück. Wir blicken auf die Marmorfliesen oder in unsere Gläser, nehmen hin und wieder zaghafte Schlückchen und schweigen. Das Gewitter wird allmählich schwächer. In der Ferne tönen Martinshörner. Überflutete Keller, umgestürzte Bäume, Verkehrsunfälle.

Schließlich bin ich es, der die ersten Worte findet: »Winni hat vielleicht recht. Wir sollten ein paar Tage ausspannen, zusammen wegfahren. War alles ein bisschen viel in letzter Zeit. Schon vor dieser ... Geschichte und seitdem sowieso. Ich wundere mich dauernd, dass ich noch nicht verrückt geworden bin bei all dem Theater. Obwohl, vorhin, ich weiß nicht ...«

Sie legt die Hand auf meinen Arm. »Du bist nicht verrückt, Bernhard. Du hast wahnsinnig viel Stress zurzeit, aber du hältst dich wacker, finde ich.«

Zum ersten Mal seit Jahren nennt sie mich nicht Börnie. Ich bin ihr so unglaublich dankbar dafür und für das, was sie sagt. Ich bin immer schon gerne gelobt worden, und in den letzten Wochen und Monaten hat es leider nicht viel Anlass und Gelegenheit dazu gegeben. Und mir kommen, verdammt noch mal, schon wieder die Tränen. Nach Sekunden zieht Anja die Hand zurück.

»Stimmt, das wäre schön. Ein bisschen Urlaub. Nur ein paar Tage. Da werden deine Patienten nicht gleich alle in den Orkus gehen oder desertieren, wegen ein paar Tagen.«

Ich nicke. Ja, das wird gut werden. Jetzt wird alles gut werden. Ich könnte immerzu heulen wie Großmütter an Kindergeburtstagen. Der Regen hört ganz plötzlich auf. Von einer Sekunde auf die andere ist das Gewitter vorbei.

»Nein. Das werden sie wohl nicht«, sage ich nach längerem Schweigen matt.

»Ein paar Tage sollten wir vielleicht noch abwarten, bis das mit der ... deiner ... Griechin ...«

Warum hat sie nur immer diese Abscheu in der Stimme, wenn sie von Katharina spricht? Sie wird ja wohl kaum eifersüchtig sein? Oder etwa doch?

»... ausgestanden ist. Vielleicht in zwei Wochen? Oder drei?«

»Ich muss eine Vertretung organisieren und so weiter. Aber in drei Wochen, doch, das müsste klappen.«

Obwohl ich immer noch unauffällig schniefe und mir alle paar Sekunden die Augen wische, bin ich so erleichtert, so froh ohne jedes Maß. Als hätte ich alles Böse, das in mir gesteckt hat, vorhin mit einem einzigen mächtigen Knall von mir gesprengt.

Wieder sind wir lange still. Ich denke über unseren schrecklichen Streit nach und habe auf einmal das Gefühl, mich entschuldigen zu müssen.

»Was man für Sachen sagt! Ich schäme mich so. Ich … Ich habe kein Recht, dich zu verurteilen, das stimmt. Ich habe dich betrogen, du hast mich betrogen. Also sind wir sozusagen quitt und können neu anfangen.«

Ich hebe mein Glas, um mit ihr anzustoßen, aber sie hält ihr eigenes in beiden Händen fest, sieht mich nur aufmerksam an, schweigt.

»Darf ich dich was fragen?«

Sie nickt, ohne den Blick abzuwenden. »Du darfst mich alles fragen, Bernhard. Das gehört sich so bei Ehepaaren.«

»Katharina. Dass ihr sie zu mir geschickt habt. Warum?«

Ihre Lider sinken herab. »Eine Wette«, sagt sie leise und sichtlich schuldbewusst.

»Eine Wette«, wiederhole ich, und der Mund bleibt mir offen stehen.

Sie nickt gequält. »Ich kann mir vorstellen, was du jetzt denkst. Natürlich waren wir nicht mehr ganz nüchtern. Winni hat behauptet, jeder Mann sei verführbar, wenn die Frau nur hinreichend attraktiv ist. Mein Standpunkt war …« Sie schluckt. Schluckt ein zweites Mal. Räuspert sich. »Ich sagte, okay, das mag für alle anderen Männer zutreffen, aber nicht für dich. Nicht für meinen Bernhard.«

»Eine Wette«, wiederhole ich fassungslos.

Sie sieht in ihr Glas.

»Um was? Um was habt ihr gewettet?«

Sie schließt die Augen, schüttelt den Kopf. Ich lehne mich zurück, verschränke die Hände im Genick und starre eine Weile an die Decke. Im Grunde ist das nun auch schon egal. Es spielt keine Rolle mehr, weshalb sie es getan und worum sie gewettet haben.

»Es ist schlimm, was alles passiert ist«, sage ich endlich heiser. »Aber nun ist es eben passiert, und wir müssen lernen, irgendwie damit klarzukommen. Müssen versuchen zu vergessen. Oder wenigstens zu verzeihen. Alles, was geschehen ist. Was wir uns vorhin an den Kopf geworfen haben. Mit der Zeit werden wir darüber hinwegkommen. So was gibt's überall mal, das renkt sich wieder ein. Mit der Zeit.«

Anja sieht nicht auf. Aber ich spüre, sie hört genau zu.

»Vorhin, es hat wahrhaftig nicht viel gefehlt, und ich wäre über dich hergefallen und hätte versucht, dich zu erwürgen.«

Diesmal bin ich es, der die Hand auf den Arm des anderen legt. Meine Hand ist feucht, aber es scheint ihr nichts auszumachen.

»Dabei hab ich dich mal so geliebt, und ich glaube fast, ich liebe dich immer noch. Bin nur im Moment ziemlich durcheinander.« Ich muss einige Male schlucken, bevor ich fortfahren kann. »Aber die Vorstellung, dich zu verlieren, tut mir wahnsinnig weh, das habe ich vorhin nach langer Zeit zum ersten Mal wieder gespürt. Und das heißt doch wohl, dass ich dich liebe, oder nicht?«

Sie nickt nur sachte und aufmerksam und lässt mich reden. Vermutlich ein seltenes Erlebnis für sie, dass ich mir so einfach alles von der Seele rede. Ihr Kleiderschrank erzählt.

»Aber du hast dich auch nicht lumpen lassen, weiß Gott.« Ich versuche ein Lächeln. »War absolut filmreif, wie wir uns aufgeführt haben. Winni wird uns ziemlich lange auslachen dafür. Hoffentlich erzählt er es nicht herum.«

Sanft schüttelt sie den Kopf. »Das tut er nicht«, sagt sie leise. »Bestimmt nicht.«

Endlich sieht sie auf. Ich fasse ihren Unterarm und sehe ihr in die Augen. Sie erwidert meinen Blick ruhig und konzentriert. Fast wie ... Katharina. Aber ihre Augen sind graugrün, und ihr Blick ist nicht so offen, nicht so schutzlos. Sie traut mir noch nicht völlig.

»Wir kriegen es wieder hin, ja?«, sage ich eindringlich. »Wir werden viel Zeit brauchen, wir müssen viel darüber reden. Aber wir kriegen es wieder hin. So eine Krise kann auch ihr Gutes haben. Ich werde in Zukunft weniger arbeiten, und du machst Schluss mit ihm.«

Sie sieht weg, nickt und lächelt unglücklich. »Wird mir wohl kaum was anderes übrig bleiben. Sonst bringst du mich am Ende doch noch um.«

»Hast du das im Ernst geglaubt?«, frage ich heiser. »Hast du im Ernst geglaubt, ich könnte ... gewalttätig werden?«

»Du hast eben selbst gesagt, du hättest große Lust gehabt dazu.«

»Zwischen Lust haben und es auch machen, ist ein himmelweiter Unterschied.«

»Du hast erst vor einer Woche eine Frau getötet, Bernhard.«

Sie sieht dabei so traurig aus, als würde sie mir wirklich zutrauen, ihr nach dem Leben zu trachten. Jetzt müsste ich zu ihr hinüberrutschen und sie in den Arm nehmen. Aber ich finde nicht den Mut dazu. Wer weiß, wie sie reagieren würde.

»Anja! Ich würde dir niemals etwas antun, hörst du! Was denkst du denn? Was man so daherredet, mein Gott! Du hast ja auch ordentlich ausgeteilt. Wir müssen das alles vergessen. So schnell wie möglich vergessen. Einfach nicht mehr dran denken. Die Sache mit deinen angeblichen Männergeschichten, dass du ...«

»Es war die Wahrheit, Bernhard.«

»Ich meine, was man so sagt in der Aufr... Was?«

Sie schweigt sehr lange und studiert mit großer Konzentration die Luftbläschen am Boden ihres Weinglases. Und dann sagt sie fast unhörbar leise: »Alles. Auch das mit Onkel Gregor. Alles.«

Erst denke ich, sie will mich auf den Arm nehmen, möchte schon lachen, aber dann sieht sie hoch und gibt mir den Rest.

»Es hat immer andere Männer gegeben. Nie etwas Ernstes, meistens nur kurze Geschichten, aber immer wieder, fast von Anfang an. Es liegt nicht an dir, glaub mir, du brauchst dir den Kopf nicht zu zerbrechen. Es ist etwas in mir ... Wie ich vorhin ... Nein, ich sage es nicht noch einmal.«

Zurzeit ist mein Leben ein nicht enden wollender expressionistischer Film voller Abscheulichkeiten, abrupter Wendungen, Nackenschläge, kurzer, trügerischer Ruhe gefolgt von umso widerwärtigeren Obszönitäten. Selbst wenn ich wollte, ich wäre nicht imstande, etwas zu sagen. Ich habe mich geirrt vorhin. Es konnte doch noch schlimmer kommen.

Sie flüstert nur noch: »Du bist so ganz anders. Du warst immer so verlässlich, du warst immer da, wenn ich dich brauchte. Ich will sagen, natürlich warst du nicht immer anwesend, aber ich habe gewusst, wenn ich dich mal brauche, dann wirst du da sein. Wie ein alter, bequemer Sessel. Man sieht ihn kaum noch an. Man denkt nie an ihn, man könnte ihn nicht mal beschreiben. Aber wenn man müde nach Hause kommt, dann lässt man sich hineinfallen, ohne hinzusehen, und er steht an seinem Platz und fängt einen auf.«

Ihre Hand zittert, als sie sich Wein nachschenkt. Die Flasche klimpert gegen das Glas.

»Das war es, was mich so zu dir hingezogen hat: Dass du so ganz anders bist als ich. Von Grund auf anständig, verlässlich. Und, ja, unschuldig. Ich ... ich bin ein Komet, und du warst meine Sonne, um die ich herumgesaust bin. Mal war ich weg, mal war ich hier, ohne dass du überhaupt jemals etwas gemerkt hättest.«

Sie nimmt einen Schluck aus dem übervollen Glas und sieht immer noch nicht auf.

»Du hast es mir aber auch sehr leicht gemacht, Bernhard. Du warst so unendlich oft nicht zu Hause. Früher in der Klinik, später in der Praxis. Und Winni hat ganz recht, ich brauche Menschen um mich, Gespräche, Lachen und auch ... bitte entschuldige ... Zärtlichkeit. Und zwar nicht nur zweimal im Monat.«

Sie hebt den Blick. Ihre Lider flattern. Flehend sieht sie mich an, macht eine kurze Bewegung, als wollte sie mich berühren, zuckt zurück.

»Wann war das? Das mit Gregor?« Ich weiß selbst nicht, warum mich das noch interessiert. »Waren wir da … schon verheiratet?«

Müde nickt sie.

Ohne hinzusehen, stellt sie ihr Glas ab.

»Er war nicht immer fünfundsechzig, weißt du? Und er konnte ein sehr lustiger, charmanter Kerl sein, als er noch keinen Krebs hatte. Wir haben so viel gelacht auf dieser Jacht, das kannst du dir nicht vorstellen. Aber ich habe immer nur dich geliebt, Bernhard. Immer. Nur dich, das musst du mir glauben. Ich weiß, das klingt jetzt schrecklich abgedroschen, aber es ist die Wahrheit. Die anderen, das war … Spaß, Flirt … Nichts. Ein paar Tage, Wochen, dann war es vorbei. Immer. Wenn du mal hochgeguckt hast von deiner vielen Arbeit, dann war dein Komet längst wieder in der Umlaufbahn. Du bist so, sei bitte nicht böse, so vertrauensselig. So unglaublich harmlos.«

Es ist keine Wut mehr in mir, nur noch Verwunderung. Für einen Moment fürchte ich, gleich loszulachen. In meinem Kopf geht es zu wie in einer Waschmaschine. Alles fliegt durcheinander. Manchmal kann man für Augenblicke etwas erkennen, flüchtig, aber meistens nicht.

Nachdem wir eine Weile aneinander vorbeigestarrt haben, bin ich wieder imstande, etwas zu sagen. Ganz langsam, Wort für Wort, ohne jede Betonung.

»Ich habe Katharina ermordet, weil du nicht erfahren solltest, dass ich dir untreu war.«

Sie nickt, schluckt, schlägt die Augen nieder, nickt noch einmal.

»Und ich war dir untreu, weil du und Winni es so wolltet. Weil ihr mir Katharina geschickt habt, damit sie mich verführt. Du und Winni. Ihr wolltet, dass ich dir untreu werde.«

»Ich nicht«, widerspricht sie überraschend heftig. »Ich war wirklich überzeugt, du würdest nicht ...«

Natürlich. Jetzt fängt sie wieder an zu flennen. Aber dieses Mal habe ich kein Mitleid. Mit diesem mannstollen Flittchen neben mir habe ich nichts mehr zu tun. Soll sich der darum kümmern, zu dem sie gehört. Mich geht sie nichts mehr an.

Ich werde jetzt weggehen.

Ich bin hier falsch.

Es ist das falsche Haus und die falsche Frau.

Irgendwann, vor langer Zeit, muss ich mich verlaufen haben.

Ich werde herausfinden müssen, wann.

Epilog

Noch am selben Abend bin ich in eine kleine Pension in der Nähe der Praxis gezogen. Anja habe ich seither nicht wiedergesehen. Wir haben uns nicht mehr gesprochen, nicht geschrieben, nicht telefoniert. Ich weiß nicht, was sie treibt, und will es auch nicht wissen. Ich bin fertig mit ihr und glaube kaum, dass sich daran noch einmal etwas ändern wird. Inzwischen ist eine Woche vergangen.

Tagsüber arbeite ich, so gut es eben geht, und es gelingt mir nicht einmal schlecht. Abends gehe ich spazieren, bis ich vor Erschöpfung ins Bett und umgehend in Tiefschlaf falle. Ich ernähre mich von dem, was der Kiosk auf dem Danteplatz zu bieten hat, und war in Gegenden der Stadt, die ich nie zuvor gesehen habe. Ich schlafe wie ein gefällter Baum und träume nichts.

Beim Spazierengehen versuche ich nachzudenken, aber es kommt nicht viel dabei heraus. In meinem Kopf sieht es aus wie in einer Wohnung unmittelbar nach einem katastrophalen Umzug. Auf der Suche nach irgendwas räume ich Kisten von unten nach oben und von hier nach dort. Das Durcheinander wird dabei immer nur größer statt kleiner, und habe ich den gesuchten Karton endlich entdeckt, dann weiß ich in der Regel nicht mehr, was ich darin zu finden hoffte.

Gestern habe ich während eines Spaziergangs am Neckar beschlossen, dass ich mich von Anja trennen werde. Trennen muss. Das Gefühl von jenem Abend hat sich nicht geändert: Ich habe nichts mehr mit ihr zu tun, sie geht mich nichts mehr an. Und ich glaube, wenn ich weiterhin mit ihr zusammenleben würde, müsste ich immerzu Angst haben, mich eines Nachts auf sie zu stürzen und ihr ein Kissen …

Ich lege keinen Wert auf ihr Geld, ich verzichte gerne auf Haus und Jaguar. Meine Praxis ist das Einzige, was ich nicht aufgeben möchte. Ich habe in den vergangenen Jahren genug verdient, um Anja auszuzahlen, und dann wird die Praxis mir gehören, mir allein. In den nächsten Tagen werde ich einen Anwalt aufsuchen. Ich kenne mehr als genug davon aus dem Club. Doch immer öfter frage ich mich, ob ich die Praxis wirklich behalten will. Alles, was Anja berührt hat, ist schmutzig, verdorben, vergiftet. Vielleicht suche ich mir lieber wieder eine Stelle an einem Krankenhaus, irgendwo, weit entfernt. In einer kleinen, überschaubaren Stadt ganz von vorne anfangen, das ist eine verlockende Perspektive. Ich werde mir ein unmöbliertes Zimmer nehmen, es eigenhändig mit Raufaser tapezieren und in ungebrochenem Weiß streichen. Auf den Boden, hoffentlich wird es ein schöner, warmer Dielenboden sein, werde ich eine Matratze legen, dazu ein paar Backsteine und ein, zwei Bretter für meine Lieblingsbücher. Und die kleine

Stereoanlage natürlich, die ich mir demnächst kaufen werde. Meine Bücher und die CDs werde ich mitnehmen, sonst nichts. Alles andere kann sie behalten. Es ist mir wirklich gleichgültig. Alles. Einen kleinen Schrank werde ich natürlich brauchen für zwei Jeans, Unterwäsche, Socken und einige karierte Holzfällerhemden.

Mit jedem Tag wird es unwahrscheinlicher, dass die Polizei Katharinas Mörder noch findet. Ich weiß nicht, warum, es ist mir ganz und gar unerklärlich, aber sie kommen einfach nicht auf mich. Vielleicht suchen sie auch längst nicht mehr. Mindestens sechs Personen wissen oder ahnen zumindest, dass ich der Täter bin, und jeder hält aus irgendeinem Grund den Mund, es ist absurd. Krögers fürchten das Finanzamt oder den Skandal, okay. Winni und Anja haben ihre eigenen Motive. Warum allerdings das Ehepaar Karathanos nichts sagt, ist mir unbegreiflich. Vielleicht, weil sie Katharina illegal eingeschleust haben? Aber deckt man einen Mord wegen einer solchen Bagatelle? Ich habe sogar schon überlegt, ob sie ihre Cousine als Prostituierte verkuppelt haben, aber der Gedanke erschien mir sofort abwegig. Winni hat maßlos übertrieben. Katharina war nicht so. Es ging ihr nicht um Geld, sie hat es ihm ja zurückgegeben am nächsten Tag. Sie *wollte* mit mir zusammen sein, aus eigenem Antrieb. Aus irgendeinem Grund mochte sie mich. Sie muss sehr einsam gewesen sein und hat vielleicht ein wenig Wärme gesucht, ein bisschen Zärtlichkeit, weiter nichts. Oder doch? Sollte da doch mehr gewesen sein? Von Tag zu Tag glaube ich mehr, dass sie mich tatsächlich geliebt hat.

Sie hat sich so offensichtlich gefreut, mich wiederzusehen.

Manchmal muss ich mich auf meinen abendlichen Spaziergängen beherrschen, nicht in der Alten Eppelheimer Straße zu landen, nicht vor dem Haus, in dem Katharina gewohnt hat. Ich muss mich zwingen, Bergheim zu meiden, und inzwischen glaube ich zu verstehen, warum es uns Verbrecher an den Tatort zurücktreibt: Man hält die Ungewissheit nicht aus. Schon nach kurzer Zeit ist man sich nicht mehr sicher, ob nicht alles nur ein schlimmer Albtraum war. Man beginnt zu hoffen, alles sei gar nicht wahr, und muss sich wieder und wieder davon überzeugen, dass es da tatsächlich diese Straße gibt, dieses Haus, die Wohnung, wo das Unbegreifliche geschehen ist. Oft quält mich die Tatsache, dass ich mich partout nicht erinnern kann, ob ich Katharinas Augen geschlossen habe. Ob ich ihr diesen letzten kleinen Liebesdienst verweigert habe oder nicht. Dann fühle ich mich noch elender als sonst.

Dennoch habe ich in den letzten Tagen begonnen, erste zaghafte Pläne zu machen, mein Leben neu zu organisieren. Meine Kräfte scheinen zu neuem Leben zu erwachen. Ich entwickle wieder so etwas wie einen Willen. Sollte die Polizei irgendwann doch noch bei mir auftauchen, dann werde ich souverän und mit meiner sonorsten Onkel-Doktor-Stimme meine Geschichte erzählen. Ich habe es tausendmal durchgekaut, ich kann es inzwischen im Schlaf. Ich habe keine Vorstrafen, einen hervorragenden Leumund, warum sollten sie mir nicht glauben?

Was sollte ich, ein angesehener, wohlhabender Arzt, für einen Grund haben, Katharina, eine illegal eingewanderte mazedonische Putzfrau, die ich noch dazu nur ganz flüchtig kannte, zu töten? Nein, ich glaube, von dieser Seite besteht keine Gefahr mehr. Jetzt können sie von mir aus kommen. Meine Achterbahn hat angehalten, ich stehe wieder auf festem Boden. Heftig durchgeschüttelt und mit weichen Knien noch, aber ich stehe, und es wird mit jedem Tag besser.

Katharinas kleines Foto habe ich in meiner Schreibtischschublade, sodass ich es betrachten kann, wenn mir danach ist. Ich habe es in einen Rahmen getan, damit es nicht noch mehr beschädigt wird. Von Zeit zu Zeit sehe ich es mir an. Bettina musste mir sogar eine Lupe besorgen, weil es ein wirklich sehr kleines Foto ist, vier auf sechs Zentimeter höchstens. Man kann einen älteren Herrn mit enormem Bart erkennen, vermutlich den Patriarchen der Familie, daneben eine alte, natürlich schwarz gekleidete Matrone mit apathischem Gesichtsausdruck. Etwas abseits steht eine jüngere Frau mit einem vielleicht zehn- oder zwölfjährigen Mädchen an der Hand, das das Köpfchen schief hält und keck in die Kamera grinst. In diesem Mädchen bilde ich mir ein, Katharina zu erkennen. Wenn ich das Gesicht lange genug mit der Lupe studiere, lässt sich eine gewisse Ähnlichkeit nicht leugnen.

Ihren Schmuck, das Notizbüchlein und die anderen Sachen habe ich in einen kleinen Karton gepackt, der in der Pension auf meinem Nachttisch steht. Damit kann ich nicht viel anfangen, außer alles jeden Abend in die Hand zu nehmen, lange anzusehen und wieder zurückzulegen. Das Foto aber, das muss ich immer bei mir haben.

Die Sprechanlage summt, ich erschrecke immer noch viel zu sehr. Meine Nerven werden noch einige Zeit brauchen, bis sie wieder die alten sind. Bettina meldet, Herr Vogel mit den Gallensteinen, der um Viertel vor sechs einen Termin hatte, sei nicht aufgetaucht. Vermutlich einer mehr, der es vorzieht, sich einen anderen Arzt zu suchen. Einen, der nicht immer wieder mitten im Satz verstummt und in irgendwelchen Gedanken versinkt. Der einen nicht innerhalb von zehn Minuten dreimal dasselbe fragt und einen nicht manchmal ansieht, als würde er sich wundern, wo man plötzlich herkommt.

Das Wartezimmer ist leer, höre ich, wir haben eine Lücke bis zehn nach sechs, und spontan fasse ich einen Entschluss: Ich bitte Bettina zu versuchen, den folgenden Termin zu verlegen, auf später oder, noch besser, einen der nächsten Tage. Wenn das klappt, dann werde ich in die Stadt fahren und mir meine Stereoanlage kaufen. Für mein weißes Zimmer, irgendwo.

Ein erster, symbolischer Anfang meines zweiten Lebens wird es sein. Eines Lebens ohne Anja, ohne Jaguar, ohne Partys und Rotary-Club, bei dessen Treffen ich sowieso nie war. Und ohne Angst vor der Polizei.

Freedom is just another word for nothing left to lose.

Es dauert nur Sekunden, bis die Sprechanlage erneut summt. Bettina will mir das Ergebnis ihres Telefonats mitteilen. Dass es so schnell ging, muss ein gutes Zeichen sein. Sie hat den folgenden Patienten offenbar sofort erreicht. Ich drücke den Knopf.

»Doc, hier steht ein Herr von der Polizei, der Sie sprechen möchte. Geht das?«

Ich bekomme nur ein Keuchen heraus.

»Ich hab Sie nicht verstanden. Soll ich ihn reinschicken oder nicht?«, fragt sie nach einer Weile unsicher.

»Okay«, krächze ich. »Ist schon okay.«

Die schwere schalldichte Tür schwingt auf, und Augenblicke später steht ein freundlicher älterer Herr mit fast weißem Haar vor mir. Er ist ein wenig schäbig gekleidet, trägt einen hellgrauen, lange nicht mehr gebügelten Anzug und eine angestoßene Goldrandbrille, die dringend geputzt werden müsste. Der Mann hat eine ungesund blasse Hautfarbe und riecht nach einem preiswerten Aftershave. Die Hoffnung flackert in mir auf, er könnte in Wirklichkeit einer von diesen windigen Anlageberatern sein, die sich unter den absurdesten Vorwänden Zutritt verschaffen, um einem das gebunkerte Schwarzgeld abzuluchsen. Aber nein, er will nicht mein Geld. Verlegen legt er eine Visitenkarte vor mich auf den Tisch.

Kriminalhauptkommissar. Mehr lese ich gar nicht.

Ich hatte mir diese Leute ganz anders vorgestellt. Dynamischer. Aggressiver. Gefährlicher.

»Guten Abend, Herr Doktor Quentin«, sagt er mit einer angenehm leisen, etwas verkratzt klingenden Stimme. »Ich bin Ihnen sehr verbunden, dass Sie mich so kurzfristig empfangen. Kann mir denken, wie viel Sie zu tun haben.« Mit einer unbestimmten Handbewegung weist er in den Raum, auf die Einrichtung, und fährt, weiterhin freundlich lächelnd, fort: »Sie erlauben, dass ich mich setze? Ich werde Ihre kostbare Zeit nicht lange in Anspruch nehmen müssen.«

Stumm nickend deute ich auf den Patientenstuhl. Er nimmt umständlich Platz, rutscht herum, bis er bequem sitzt, zupft seine fadenscheinigen Ärmel zurecht, sieht mich dabei immerzu freundlich und beunruhigend harmlos an. Umständlich zieht er ein Papier aus der Innentasche seines Jacketts, faltet es mit an Gemeinheit grenzender Ordentlichkeit auseinander, streicht es sorgfältig glatt.

»Es ist nämlich so, Herr Doktor Quentin. Ich habe hier ein Telefax von unseren Kollegen in Thessaloniki.« Er sieht auf. »Sie haben übrigens einen merkwürdigen Namen«, sagt er. »Ist Ihnen bewusst, dass Sie genauso heißen wie eines der berühmtesten Gefängnisse der Welt?«

Für einen Augenblick glaube ich, er will mir eine Falle stellen.

Aber er fährt schon fort, nach wie vor gutmütig schmunzelnd: »San Quentin. In den USA drüben. Ich weiß nicht, wo genau es liegt. Es gibt sogar ein Lied darüber, von Johnny Cash, glaube ich.«

Was soll das? Will er mich fertigmachen? Was der Mann hier treibt, ist Folter, und so was ist bei uns verboten. Gleich fange ich an zu schreien.

»Aber wir wollen es nicht als böses Omen nehmen, nicht wahr?« Unerschütterlich steht dieses blöde Grinsen in seinem Gesicht. Ich schüttle in vollstem Einverständnis den Kopf, und endlich kommt er zur Sache. »In Thessaloniki halten sich zurzeit zwei Personen auf, nach denen wir eine ganze Weile gesucht haben. Es geht um einen Mord, hier in der Stadt, vorletzte Woche. Sie werden vermutlich nichts davon gehört haben. Das Opfer war eine Frau. Eine sich illegal in Deutschland aufhaltende Ausländerin.«

Ich nicke und nicke. Auf einmal ist in meinen Ohren wieder dieses Dröhnen und Sausen. Wie vor zwei Wochen. Seine Stimme wird leiser und leiser. Ich muss mich zusammennehmen, muss mich konzentrieren. Bestimmt biete ich ein Bild des Grauens.

Aber zum Glück sieht er jetzt nicht mehr auf. Er hat die Augen fast geschlossen und spricht, als hätte er seinen Text mühsam auswendig gelernt: »Bei diesen Personen handelt es sich um das Ehepaar Kristian und Penelope Ka-ra-thanos ...« Er lacht verlegen. »Sie entschuldigen, ich habe immer noch Probleme mit diesem Namen. Nun, diese beiden sind also Verwandte des Opfers. Herr Karathanos ist ein Cousin der Toten, wenn ich recht informiert bin. Zum Zeitpunkt der Tat haben sie sich hier in der Stadt aufgehalten und sind dann am nächsten Morgen in aller Herrgottsfrühe nach Griechenland geflogen. Heimaturlaub, wenn man so will.«

Er strahlt mich an, als wäre das alles kolossal amüsant.

»Und diese beiden sagen nun merkwürdigerweise aus, dass Sie, Herr Doktor Quentin, das Mordopfer, Frau Katharina Karathanos also, am Nachmittag vor ihrem Tod gesucht hätten. Entspricht das der Wahrheit?«

Mit gerunzelter Stirn sieht er wieder auf sein Blatt, als wollte er überprüfen, ob er auch nichts vergessen hat.

Jetzt muss ich etwas sagen. Ich muss ganz locker und entspannt sein, in ruhigem, überlegenem Ton meine so gut vorbereitete, so vollkommen wasserdichte Geschichte erzählen. Vielleicht sollte ich auch ein wenig amüsiert lächeln dabei. Nur ein wenig natürlich, denn auf keinen Fall darf es so aussehen, als würde ich mich über ihn lustig machen. Das ist ganz leicht, es ist überhaupt kein Problem, ich habe alles parat, so oft geübt, immer wieder in Gedanken durchgespielt. Ich muss es nur sagen, nichts leichter als das. Wer ist dieser Kerl schon? Ein kleiner Beamter, dem bin ich doch tausendmal überlegen. Und er hat ja offenbar nicht den leisesten Verdacht. Es ist nur eine Formalität. Er muss mich das fragen, damit den Vorschriften Genüge getan ist, und ich muss »Nein« sagen, und dann wird er wieder gehen. Eine reine Formsache. Er muss nun mal alles überprüfen, jeden noch so albernen Hinweis. Das gehört zu seinem Job. Vorschriften. Dienstanweisungen. Gesetze. Ich muss jetzt nur endlich etwas sagen. Ich balle die Fäuste, öffne den Mund. Aber es kommt nichts.

Immer noch wartet er geduldig schweigend auf meine Antwort, studiert sein zerknittertes Fax. Jetzt lässt er das Papier sinken, jetzt sieht er auf, in mein Gesicht, und begreift sofort, in Bruchteilen von Sekunden, sieht mich mit wachsendem Entsetzen an, lässt sein albernes Blatt langsam, ganz langsam auf den Tisch sinken.

Ich mache sinnlose kleine Bewegungen, schlucke mit wüstentrockenem Mund, will immer noch sprechen, alles abstreiten, mich verteidigen. Ja, jetzt endlich geht es, ich fühle es. Im letzten Augenblick finde ich meine Fassung und meine Sprache wieder. Mein Mund öffnet sich.

»Gut, dass Sie endlich kommen«, höre ich meine Stimme sagen.

Und auf einmal weiß ich, dass ich mein weißes Zimmer bekommen werde. Viel früher, als ich dachte. Leider wird das Fenster vergittert sein, und vermutlich wird es dort auch keinen Holzfußboden geben, aber sonst wird alles genauso sein, wie ich es mir vorgestellt habe.

Ich darf auf keinen Fall Katharinas Foto vergessen.

Wenn Ihnen dieser Kriminalroman gefallen hat, schreiben Sie uns unter Nennung des Titels »Anatomie eines Mordes« an *empfehlungen@piper.de*, und wir empfehlen Ihnen gerne vergleichbare Bücher.

Von Wolfgang Burger liegen im Piper Verlag vor:
Alexander-Gerlach-Reihe:
Band 1: Heidelberger Requiem
Band 2: Heidelberger Lügen
Band 3: Heidelberger Wut
Band 4: Schwarzes Fieber
Band 5: Echo einer Nacht
Band 6: Eiskaltes Schweigen
Band 7: Der fünfte Mörder
Band 8: Die falsche Frau
Band 9: Das vergessene Mädchen
Band 10: Die dunkle Villa
Band 11: Tödliche Geliebte
Band 12: Drei Tage im Mai
Band 13: Schlaf, Engelchen, schlaf
Band 14: Die linke Hand des Bösen
Band 15: Wen der Tod betrügt
Band 16: Wenn Rache nicht genügt
Band 17: Der sanfte Hauch des Todes
Band 18: Am Ende des Zorns
Band 19: Als die Nacht am tiefsten war

Anatomie eines Mordes